Max Ring

Lieben und Leben

Erster Band

Max Ring

Lieben und Leben
Erster Band

ISBN/EAN: 9783741130328

Hergestellt in Europa, USA, Kanada, Australien, Japan

Cover: Foto ©Andreas Hilbeck / pixelio.de

Manufactured and distributed by brebook publishing software
(www.brebook.com)

Max Ring

Lieben und Leben

Lieben und Leben.

Neue Erzählungen

von

Max Ring.

Erster Band.

Berlin, 1869.

Verlag von Otto Janke.

Die Ghescheuen.

I.

Auf dem Perron einer süddeutschen Eisenbahn=
station gingen eine ältere und eine jüngere Dame in
eifrigem Gespräche auf und nieder, augenscheinlich in
ungeduldiger Stimmung, da sie schon länger als eine
Stunde auf den von ihnen bestellten Wagen warteten.
Ihr wiederholtes Drängen, Fragen und Bitten
machte durchaus keinen Eindruck auf den wohlbeleibten,
phlegmatischen Posthalter, der trotzdem seine unerschütter=
liche Ruhe behauptete und sich auf den unerwarteten
Andrang der überaus zahlreichen Passagiere berief, welche
schon früher angekommen waren und ebenfalls ihre
Weiterbeförderung mit Ungestüm von ihm verlangten.

„Alles mit Ordnung, immer Einer hübsch nach dem
Andern," fügte er mit unzerstörbarer Kaltblütigkeit hinzu.
„Sie sehen ja, daß ich nicht Alles auf einmal schaffen
kann, die Reihe wird auch an Sie kommen, wenn die
Pferde ausreichen."

1*

„Und wenn nicht?" fragte die Aeltere der beiden Damen mit sichtlicher Aufregung in dem blassen, kränklichen Gesicht.

„Da müssen's halt hier bleiben und bis Morgen warten," lautete der gerade nicht allzutröstliche Bescheid.

„Aber mein Gott, das ist unmöglich! Ich werde von meinem Sohne in Lindensee erwartet; er hat nur wenige Tage Urlaub von seinem Posten erhalten, und wenn ich nicht zur rechten Zeit eintreffe, so wird er abreisen, ohne mich zu sehen."

„Thut mir leid, aber kann's halt nicht ändern. Sie müssen schon Geduld haben. Alles mit Ordnung, immer hübsch Einer nach dem Andern."

„Ich will aber nicht länger warten," entgegnete die Dame in gereiztem Tone, „und wenn ich nicht auf der Stelle meine Pferde bekomme, so werde ich mich bei dem Oberpostamt beschweren."

„Das können's haben," versetzte der phlegmatische Postbeamte kurz angebunden, indem er der Dame höchst ungalant den breiten Rücken zukehrte.

Dies unangenehme Gespräch wurde so laut geführt, daß ein junger Mann in der Nähe der unwillkürliche Zeuge desselben war. Anscheinend in ein Zeitungsblatt vertieft, hatte er während der ganzen Verhandlung die beiden Damen beobachtet, von denen besonders die Jüngere seine Aufmerksamkeit in Anspruch nahm.

Sie war auch in der That eine interessante Erscheinung; hoch und schlank gewachsen, in kleidsamer eleganter Reisetoilette, bildete sie durch ihre auffallende Schönheit und vornehm ruhige Haltung einen wohlthuenden Gegensatz zu dem erregbaren Wesen und der verblühten Gestalt ihrer Begleiterin und Tante, der verwittweten Staatsräthin von Ziegler, aus einer bekannten norddeutschen Residenz. Die Letztere hatte auf den Rath ihrer Aerzte die Reise nach dem wegen seiner erquickenden, milden Bergluft und Kräutermolken berühmten Badeorte Lindensee unternommen, wobei ihre Nichte Clara ihr Gesellschaft leistete, mehr aus Pflichtgefühl als aus Neigung, da es kein geringes Opfer war, die nervenkranke Frau zu pflegen und ihre wechselvollen Launen zu ertragen.

Unter anscheinender Kälte und Zurückhaltung besaß Clara ein Herz voll Liebe, das allerdings nur von Wenigen gekannt wurde, da sie, frühzeitig verwaist und ihrer Eltern beraubt, gewohnt war, ihre tiefsten Empfindungen und besten Gedanken vor der Welt zu verschließen. Meist auf sich selbst angewiesen, mußte sich bald bei ihr eine scharfe Beobachtungsgabe entwickeln, womit sie das frivole Treiben ihrer Umgebung erkannte und oft mit rücksichtsloser Wahrheitsliebe beurtheilte. Schmerzliche Erfahrungen, die ihr nicht erspart waren, steigerten ihr natürliches Mißtrauen und verliehen ihrem Charakter eine gewisse Sprödigkeit, die sie besonders im Umgange mit Männern hervorkehrte, weshalb sie von diesen häufig für hochmüthig oder stolz gehalten wurde. Daran mochte es wohl liegen, daß sie verschiedene Bewerber um ihre Hand zurückschreckte und ihr fünfundzwanzigstes Jahr erreichte, ohne sich zu verheirathen, obgleich ihre unvergängliche Schönheit, ihre hohe Bildung und ein bedeutendes Vermögen, welches ihre Unabhängigkeit sicherte, sie zu einem Gegenstande vielfacher Wünsche machte.

Auch der junge Mann, von dem sie während des stattgefundenen Gespräches unbemerkt beobachtet wurde, empfand den eigenthümlichen Zauber ihrer zugleich so anziehenden und abstoßenden Erscheinung. Gegen seine sonstige Gewohnheit verfolgte er mit seinen künstlerischen Blicken die schlanke, ebenmäßige Gestalt, die ihn mit ihren ausdrucksvollen, klaren Zügen, ihrer hehren Jungfräulichkeit und klassischen Formen unwillkürlich an das herrliche Marmorbild der Diana im Louvre zu Paris erinnerte. Nach langer Zeit regte sich wieder in seinem

Innern der Wunsch, einem Weibe näher zu treten, nach=
dem er jede tiefere Empfindung abgeschworen. In
seinem skeptischen Geiste kämpften bei ihrem Anblick die
widersprechendsten Gedanken und Gefühle, indem er bald
über seine Thorheit spottete, die nach seiner Ueberzeugung
nur mit einer neuen Enttäuschung enden mußte, bald
sich jener geheimnißvollen Sehnsucht nach einem unbe=
kannten Glücke überließ, von dem er trotz aller Erfah=
rung und Uebersättigung nicht zu träumen aufgehört.
Sie wird nicht anders, nicht besser sein wie die Uebrigen,
flüsterte der verneinende Dämon in seiner veröbeten Brust,
während eine leise Stimme ihn an die Ideale, an das
verlorene Paradies seiner Jugend mahnte, wo er noch
in jedem Weibe einen Engel, eine Heilige des Himmels
sah und verehrte.

Während dieses Widerstreits in seinem Innern ließ
sich das Rollen eines Wagens hören, dessen Ankunft ihn
aus seinen Träumen weckte. Es war eine Postchaise,
die er früher als die andern Passagiere bestellt hatte,
weßhalb er auch zuerst befördert wurde, um so eher, da
er nicht verabsäumt hatte, das Phlegma des Posthalters
durch einige Gulden über die festgesetzte Taxe zu einer
sonst unerklärlichen Eile anzuspornen. Im Begriff, den
Wagen zu besteigen, begegnete er den Blicken der beiden

Damen, von denen die Staatsräthin ihren Neid und
Verdruß über solche Bevorzugung kaum verhehlen konnte.
Der Fremde empfand vielleicht ein Gefühl von ritterlicher
Galanterie, oder hielt er, sich selbst über das eigentliche
Motiv seiner Handlungsweise täuschend, für ein Gebot
der Schicklichkeit, sich an die Staatsräthin zu wenden
und ihr seine Equipage zu überlassen. Sie wurde da=
her von einem freudigen Schreck ergriffen, als der junge
Mann mit höflichem Gruße sie aufforderte, seinen Wagen
als den ihrigen zu betrachten und davon sogleich Ge=
brauch zu machen.

„Sie werden," fügte er hinzu, „meine Dreistigkeit
um so mehr verzeihen, da ich unwillkürlicher Zeuge
Ihrer Unterredung mit dem Posthalter war und daraus
ersehen habe, daß Sie die größte Eile haben, während
ich noch immer zeitig genug nach Lindensee komme."

„Sie sind zu gütig," stammelte die überraschte Dame,
die in ihrem Egoismus nur zu geneigt war, sein An=
erbieten ohne Weiteres anzunehmen.

„Aber liebe Tante," flüsterte die besonnene Clara,
„wir können doch unmöglich von einem Unbekannten
einen solchen Dienst verlangen."

Zugleich richtete sie ihre durchdringenden Blicke prüfend

auf den gefälligen Reisenden, den sie bis jetzt so gut
wie gar nicht beachtet hatte. Ihre Züge drückten Zweifel
und Mißtrauen aus, als ahnte sie seine geheimen Gründe
und Absichten, die er sich selbst nicht gestehen wollte.
Unwillkürlich empfand sie eine fast unerklärliche Abnei=
gung gegen den Fremden, dessen Aeußeres keineswegs
unangenehm, sondern weit eher geeignet war, lebhaft
für ihn zu interessiren. Derselbe zeigte eine männlich
kräftige und doch zugleich elegante Figur, ein ausdrucks=
volles gebräuntes Gesicht, dessen hohe Stirn, feurige
Augen, energische Adlernase keinen gewöhnlichen Geist
verriethen. Seine Toilette, ein leichter, grauer Sommer=
paletot, und der feine italienische Strohhut waren tadel=
los, während seine Sprache und Haltung eine genügende
Bekanntschaft mit den Formen der sogenannten „guten
Gesellschaft" bekundete, die er mit einer gewissen künst=
lerischen Freiheit zu verbinden wußte.

Trotzdem mißfiel ihr vor Allem die Sicherheit, wo=
mit er sich den Damen näherte, sowie ein kaum bemerk=
bares, halb ironisches, halb übermüthiges Lächeln, ein
ironischer Zug in dem sonst so geistreichen, nur etwas
verlebten Gesicht, vor dem sie eine innerliche Scheu
empfand. Eine wunderbare Apathie, von der sie sich
selbst keine Rechenschaft zu geben vermochte, schien sie

vor jeder nähern Berührung mit dem räthselhaften Fremden zu warnen.

Um so günstiger war der Eindruck desselben auf die Staatsräthin, abgesehen davon, daß seine Dazwischenkunft ihrer wirklichen oder eingebildeten Verlegenheit ein Ende machte und die Erfüllung ihres Herzenswunsches in Aussicht stellte. Sie konnte die Zurückhaltung ihrer Nichte um so weniger begreifen, da der Fremde jedenfalls den bessern Ständen angehörte, wofür sein ganzes Auftreten bürgte. In diesem Punkte aber traute sie sich ein kompetentes Urtheil zu, da sie sich stets nur in den exklusiven Kreisen der Gesellschaft bewegte. In dem jungen Mann glaubte sie mit gewohntem Scharfblick einen „Ebenbürtigen" erkannt zu haben, von dem sie daher jeden Ritterdienst ohne Anstand in ihrer Lage annehmen durfte. Wenn sie dennoch zögerte, geschah es nur aus Rücksicht für ihre Nichte und der Form wegen, weil man ein derartiges Opfer nur mit scheinbarer Weigerung anzunehmen pflegt, um nicht gegen die Sitte zu verstoßen.

Clara's Abneigung, sich von dem Unbekannten verpflichten zu lassen, reizte, wie dieß gewöhnlich zu geschehen pflegt, seine Eigenliebe. Dringend, ohne zudringlich zu werden, wiederholte er sein Anerbieten, das er mit so

guten Gründen zu unterstützen wußte, daß die Staats=
räthin auch ihre letzten Bedenken schwinden ließ. Einige
leicht aufsteigende Wolken am Horizont, welche ein her=
aufziehendes Gewitter verkündigten, kamen seinen Worten
unerwartet zu Hülfe und machten dem Schwanken der
Dame ein Ende. Selbstverständlich forderte die Staats=
räthin ihren Ritter auf, in dem geräumigen Wagen
Platz zu nehmen und sie zu begleiten, obgleich er selbst
keinen derartigen Anspruch zu erheben schien.

„Nur unter dieser Bedingung," fügte sie verbindlich
hinzu, „können wir Ihr gütiges Anerbieten annehmen."

„Ich fürchte nur, durch meine Gesellschaft den Damen
lästig zu fallen."

„Durchaus nicht. Wir sind Ihnen bereits zum
größten Dank verpflichtet und können es nicht zugeben,
daß Sie durch uns in Ihrer Reise aufgehalten werden."

„Ich habe nicht viel zu versäumen und möchte auch
nicht gern geniren."

„Dann müssen wir freilich Ihr freundliches Aner=
bieten ablehnen. Außerdem kann es uns nur angenehm
sein, einen Beschützer und Reisemarschall in Ihnen zu
finden."

Während dieses höflichen Wettstreites beobachtete
Clara ein fast verletzendes Stillschweigen, indem sie kalt

und theilnahmlos dabei stand, als ob ihr seine Gegen=
wart vollkommen gleichgültig wäre. Vergebens wartete
er auf ein freundliches Wort aus ihrem stolzen Munde,
sie schwieg und verschmähte rücksichtigslos die zum Ein=
steigen dargebotene Hand, sich leicht ohne seine Hülfe
emporschwingend, während die Tante sich bereitwillig
von seinem kräftigen Arm in den Wagen heben ließ.
Unmuthig zögernd folgte er, als reute ihn seine schlecht
vergoltene Artigkeit, obgleich ihn die Sprödigkeit des
stolzen Mädchens reizte.

Anfänglich stockte unter diesen Umständen das Ge=
spräch, welches jedoch bald durch die Bemühungen der
Staatsräthin in den Gang kam und nach und nach eine
lebhafte Färbung annahm. Die lebenskluge Frau fand
ihr Urtheil über den Fremden bestätigt, indem derselbe
im Laufe der Unterhaltung als ein eben so geistreicher
wie interessanter Gesellschafter sich erwies.

Bald machte er die Damen auf die allmälig sich
immer herrlicher entfaltende Schönheit der Gegend auf=
merksam, wobei er einen seltenen künstlerischen Blick ver=
rieth, bald erzählte er von seinen Reisen in fernen
Ländern, und schilderte die Herrlichkeit Italiens und
Griechenlands, welche er eben erst gesehen, mit einer
bewundernswürdigen Anschaulichkeit und einer dichteri=

jdjen Glut, von der seine Hörer unwillkürlich fortgerissen
wurden. Dazwischen überraschte er durch eine gewisse
Originalität und Kühnheit seiner Urtheile, durch einen
frischen Humor, der nur zuweilen das Maß überschritt
und in eine wilde, gewaltsame Lustigkeit ausartete, hinter
welcher sich ein tieferer Schmerz zu verbergen schien.

Wider Willen fühlte sich das stolze Mädchen gefesselt
und sah sich in das Gespräch hineingezogen, das der
Fremde fortwährend durch neue Wendungen und geist=
volle Bemerkungen zu beleben wußte, so daß die Stunden
ihr wie Minuten dahinflogen. Welch' ein Abstand
zwischen seiner Unterhaltung und dem gewöhnlichen
Salongeschwätz der ihr bekannten Männer und sogenann=
ten Löwen der Gesellschaft! Hier stand ihr in der That
ein Ebenbürtiger gegenüber, freilich in einem andern
Sinne, als die Staatsräthin diese Bezeichnung auffaßte.
Freudig erkannte Clara vielleicht zum ersten Mal in
ihrem Leben den Zauber einer solchen höhern Intelligenz
und männlichen Ueberlegenheit an, während die Tante
ihre Leiden und Launen vergaß und eine sonst nur
seltene Liebenswürdigkeit mit einem leisen Anstrich alter
Koketterie dem Fremden gegenüber entfaltete.

Zugleich aber regte sich in ihr die verzeihliche Neu=
gierde, den Namen und Stand ihres interessanten Reise=

gefährten zu erfahren, der entweder absichtlich oder zu=
fällig sein Inkognito bewahrte, obgleich die Staatsräthin
nicht verfehlt hatte, sich in aller Form ihm vorzustellen,
ohne daß er sich verpflichtet hielt, ihrem Beispiele so=
gleich zu folgen. Die kluge Frau ließ sich jedoch da=
durch nicht so leicht abschrecken und verfolgte ihr Ziel
mit echt weiblicher Beharrlichkeit und Schlauheit.

„Sie haben Italien gewiß ungern verlassen?" fragte
sie scheinbar absichtslos, indem sie dabei unverrückt auf
ihr Ziel lossteuerte.

„Selbst auf die Gefahr hin," entgegnete der Fremde,
„für einen schlechten Deutschen gehalten zu werden, muß
ich eingestehen, daß ich mich nur mit schwerem Herzen
von dem herrlichen Lande getrennt habe, wo die gemeinen
Sorgen des Lebens im Anblick der unvergänglichen
Schönheit wie Nebel vor der Sonne schwinden und es
allein vergönnt ist, dem Menschen Mensch zu sein."

„Wer sollte Sie in Deutschland daran hindern?"

„Jener Kastengeist, den wir von unsern indischen
Voreltern geerbt zu haben scheinen. Lächeln Sie nicht,
meine Gnädige, wir Alle schleppen unbewußt ein Stück
Asien mit uns herum, das deutsche Volk hat die indische
Beschaulichkeit, Thatenlosigkeit, Lust an phantastischen
Träumen und nebelhaften Philosophemen und besonders

die indischen Standesunterschiede aus seiner alten Heimat
überkommen. Wir sind eine Nation von Offizieren,
Geheimräthen, Professoren, Supernumeraren, mit einem
Worte Alles, nur keine Menschen."

„Ich kann Ihre Meinung nicht ganz theilen," ent=
gegnete die Staatsräthin lächelnd, „so geistreich dieselbe
auch klingen mag. Der Stand ist gleichsam das Ge=
präge des Mannes, das sowohl als Werthmesser wie
als gesellschaftliche Handhabe dient. Deßhalb finde ich
es aber so natürlich als zweckmäßig, daß wir zunächst
bei jedem Unbekannten darnach fragen —"

„Ob er seine Paßkarte mit sich führt? Leider kann
ich nicht damit dienen, und so müssen Sie mir schon
auf mein Wort glauben, daß ich Paul Ewald heiße
und von Profession ein Maler oder Farbenstreicher bin."

„Wie! Paul Ewald!" rief Clara überrascht, „dessen
sterbende Cleopatra auf der dießjährigen Ausstellung so
großes Aufsehen erregte."

„Sie sind zu gütig, mein gnädiges Fräulein, und
beschämen mich. Ich weiß nur zu gut, wie weit mein
Bild hinter meinem Ideale zurückgeblieben ist. Leider
bin ich nicht so glücklich, wie Cäsar und Antonius. Ich
hätte ein halbes Leben darum geschenkt, wenn es mir
vergönnt gewesen wäre, mit der braunen Schlange des

Nils in goldener Gondel mich zu schaukeln, gebratene
Krokodile zu verspeisen und aus goldenem Pokale auf=
gelöste Perlen im Werthe· einer Million zu schlürfen.
Wahrscheinlich wäre mein Bild dann auch besser ge=
worden."

Clara lächelte und sprach offen ihre Bewunderung
für das geniale Gemälde aus, indem sie ohne jede
Prätension mit dem feinsten Verständniß die Schönheiten
desselben hervorhob. Der Maler hörte ihr mit steigen=
dem Wohlgefallen zu, da er trotz aller Gleichgültigkeit
gegen die Kritik des Tages nicht unempfindlich gegen
das begründete Lob aus so schönem Munde war. Die
Unterhaltung wurde immer lebhafter geführt und gewann
unter diesen Umständen an Bedeutung. Die gemein=
schaftliche Liebe zur Kunst war der Einigungspunkt für
die sonst getrennten Geister geworden und bildete die
geheimnißvolle Kette von der Seele zum Herzen.

Wie zündende Blitze flogen die beflügelten Worte
und weckten neue Gedanken und Empfindungen zu
immer höherer Entfaltung. Vor diesem Frühlingswehen
schmolz die Eisrinde von Clara's stolzem Wesen, fiel
die spröde Hülle, hinter der sich die flammende Begeiste=
rung für alles Große, Schöne, Edle wie die Sonne
hinter wallenden Nebel barg. Aber auch der Künstler

warf die Schlacken seines verwilderten Lebens ab und
zeigte seinen besseren Kern, den tieferen Ernst, frei von
allen entstellenden Zuthaten spöttischer Ironie und an=
geflogener Blasirtheit.

Es lag ein eigener Zauber in diesem gegenseitigen
sich Finden und Erkennen zweier fremden Menschen,
die sich plötzlich ihrer inneren Verwandtschaft und Zu=
sammengehörigkeit bewußt wurden und sich gewissermaßen
ergänzten. Clara fühlte eine nie gekannte Seligkeit,
und die ganze Fahrt dünkte ihr wie ein schöner un=
vergeßlicher Traum, aus dem sie nur zu schnell zu er=
wachen fürchtete. Dazu kam noch der wunderbare
Zauber der Natur, die sich immer großartiger und
herrlicher vor ihr entfaltete. Das Gebirge, dem sie zu=
eilten, trat jetzt näher und näher mit seinen gewaltigen,
von Schnee gekrönten Häuptern. Zwischen grünen
Matten und goldenen Feldern führte der Weg anfäng=
lich durch ein fruchtbares Thal, das sich nach und nach
verengte und einen wilden pittoresken Charakter annahm.
Schroffe Felsen, von denen die schlanke Edeltanne in
den dunkeln Abgrund herniederschaute, wechselten mit
rissenen Klüften, aus denen rauschend die grünlichen
Wellen eines Gebirgsbaches wie ein scheues Wild mit
gewaltigen Sätzen hervorbrachen. Hier grüßte von der

Höhe das blitzende Dach einer einsamen Bergkapelle mit
goldenem Kreuze, dort lauschte im kühlen Grunde unter
dem Schatten duftender Nußbäume die klappernde
Mühle, von deren Rädern Perlenschnüre und Demanten
niedertropften; das Alles noch gehoben durch den wunderbaren Zauber der wechselnden Beleuchtung, durch goldenen
Sonnenschein und flüchtige Schatten, durchweht von den
stärkenden balsamischen Lüften der Berge, klingend und
tönend von rieselnden, krystallhellen Quellen und schäu-
menden Wasserfällen. Plötzlich bei einer Biegung des
schlangengleichen Weges erschien der bisher von den
Bergen verdeckte See mit seinen lachenden Ufern wie
ein neues Wunder den Blicken der entzückten Reisenden.
In seinen tief dunkelblauen Fluten spiegelten sich die
ziehenden Wolken, trotzige Felsen, grüne Hügel mit
schwankenden Enden, die rothen Dächer der gesegneten
Kirchen und Ortschaften, welche sich wie ein bunter
Kranz in seine Fluten legten; während im Norden die
finstern, trotzigen Bergriesen unnahbar mit jähem Ab-
fall aus der Tiefe emporstiegen, öffnete sich auf der
entgegengesetzten Seite ein weiter Fernblick auf die
grünen Wiesen, üppigen Triften und mit Reben und
Fruchtbäumen bekränzten Hügel, bis das Auge sich
duftiger Ferne verlor.

Stundenlang führte die erst neu angelegte Kunst=
straße an dem mächtigen See vorüber an malerischen
Fischerhütten, stattlichen Schlössern und eleganten Villen.
Immer reicher und mannigfacher gestaltete sich die Per=
spektive, und jede Wendung des Weges brachte ein
neues überraschendes Bild, bald eine blaue Bucht, oder
eine grüne Insel, gleich einem Smaragd in kostbarer
Schale von Lasur, bald einen lauschigen Winkel, so
heimlich versteckt und abgeschlossen, als hätte dort die
Welt ein erwünschtes Ende gefunden. Und all' diese
Herrlichkeit genoß jetzt Clara doppelt an der Seite
eines Künstlers, der dafür das schärfste Auge und den
feinsten Natursinn besaß. Fortwährend machte er sie
auf jede Schönheit aufmerksam, welche ihr sonst viel=
leicht entgangen wäre. Wohl bekannt mit dieser Gegend,
die er mehr als einmal behufs seiner Studien durch=
wandert, nannte er auf ihr Verlangen jede Bergspitze,
jeden noch so kleinen Ort, zeigte er ihr die malerischsten
Punkte, indem er zugleich die Sitten des Landes, die
Eigenthümlichkeit der Bewohner mit plastischer Lebendig=
keit ihr zeichnete. Mit sonst niegekannter Hingebung
lauschte das sinnige Mädchen seinen Worten, indem sie
sich dem Zauber seiner Unterhaltung willig hingab und
ihre gewohnte Sprödigkeit immer mehr schwinden ließ.

Beide traten sich in wenig flüchtigen Stunden so nahe, als hätten sie jahrelang im vertrautesten Verkehr gestanden, und wurden sich immer mehr ihres gegenseitigen Werthes bewußt.

Unterdeß senkte sich die Sonne zum Untergang; ihre Strahlen färbten den blauen See und verwandelten seine Spiegelfläche in ein wogendes, im Abendwind aufrauschendes Rosenfeld. Die Spitzen der Berge und Felsen glühten in wunderbarer Pracht; goldene Schatten lagerten sich über Wald und Flur, während blaue und violette Schleier die Abgründe und Schluchten magisch verhüllten. Das war ein Leuchten, Glühen und Glänzen, ein Wogen und Flammen von feurigem Grün, Gold und Purpur, als hätte der Meister der Natur seine ganze Palette über die entzückende Gegend ausgegossen. Jedes Gespräch verstummte, und nur die Blicke sprachen von Bewunderung und Andacht überfließend und begegneten sich im innigsten Einverständniß. Solche Momente, gemeinschaftlich durchlebt, knüpfen ein unsichtbares, geheimnißvolles Band und befreien die Seele von allem Schrecken. Schweigend, mit gefalteten Händen, saß Clara dem Maler gegenüber; das klassische Gesicht, von den Strahlen der scheidenden Sonne und von innerer Bewegung überirdisch verklärt, zeigte eine ihr sonst fremde Milde und Weichheit und schien dem Auge des Künstlers wie von einem Heiligenschein umgeben.

In gehobener Stimmung hatten die Reisenden fast unbemerkt das Ziel ihrer heutigen Fahrt erreicht. Schon zeigten sich die ersten Häuser und Villen des freundlichen Kurortes mit ihren flachen Dächern und Gallerieen, der spitze Kirchthurm, vergoldet von der Abendsonne und in den rosigen Fluten des Sees sich spiegelnd. Der Postillon blies ein schmetterndes Lied, das von den nahen Felsen wiederhallte. Gruppen von Spaziergängern und Badegästen blickten dem vorüberfahrenden Wagen neugierig musternd nach und setzten dann ihren gewohnten Gang an dem Ufer fort. Von dem Balkon einer kleinen, mit Reben bekleideten Villa schaute eine Dame nieder; ihr Auge fiel auf den Künstler und ein lauter Schrei entfuhr ihren überraschten Lippen.

„Paul, Paul!" rief sie so laut, daß der Maler unwillkürlich zusammenzuckte. Wie eingerahmt zwischen den grünen Blättern der mächtigen Weinstöcke zeigte sich ein schönes, herrliches Weib, das blasse Gesicht von schwarzen aufgelösten Locken umgeben, weit über den Balkon hinausgelehnt. Die Erscheinung dieser Frau wirkte wie ein plötzlich auftauchendes Gespenst, wie das Antlitz der versteinernden Medusa. Der Künstler konnte seine Be-

wegung nicht verbergen, seine Lippen bebten und rangen
nach einer Erklärung, während auf seinen Wangen eine
matte Bläße mit flammender Röthe wechselte. Clara
aber fühlte, wie sich ihr Herz krampfhaft zusammenzog
und ein wilder Schmerz durch ihre Seele zuckte. Sie
hatte diese Frau schon gesehen, wenn auch nur im Bild.
Es war die Cleopatra des Malers.

II.

Die Dämmerung war bereits hereingebrochen, als
Paul den Weg nach der von Reben umkränzten Villa
einschlug, wo er von jener schönen Frau sehnsüchtig erwartet wurde. Der Abschied von seinen bisherigen
Reisegefährten, welche vorläufig in der Krone, dem ersten
Hotel des Kurortes, einkehrten, war kurz und kühl gewesen, obgleich die Staatsräthin die Formen guter
Lebensart zu gut kannte, um ihm nicht wiederholt für
seine ritterliche Artigkeit zu danken und die Hoffnung
auf ein baldiges Wiedersehen auszusprechen. Dagegen
verletzte ihn von Neuem die sichtliche Zurückhaltung des
stolzen Mädchens und ihr erkältendes Benehmen. Die

frühere Hingebung war dem alten Mißtrauen gewichen, und als er ihr die Hand zum Abschied reichte, zog sie scheu die ihre zurück, indem sie sich einem jungen Mann zuwendete, der ihm als der erwartete Sohn der Staats= räthin, Legationssekretär von Ziegler, förmlich vorgestellt wurde. Unwillkürlich empfand der Maler eine Antipathie gegen den Diplomaten, der ihn mit gemessener Höflich= keit begrüßte, aber, wie Paul zu finden glaubte, absicht= lich zu ignoriren oder zu vermeiden schien. Unter diesen Verhältnissen konnte und wollte er nicht länger weilen, um nicht zudringlich zu erscheinen. Unzufrieden mit sich selbst und noch mehr mit seinen neuen Reisegefährten, fast erbittert gegen den Legationssekretär, entfernte er sich innerlich tief verstimmt, als hätte er eine schimpfliche Niederlage erlitten. Sein Unmuth steigerte sich noch, wenn er an jene Frau dachte, deren plötzlicher Erschei= nung er nicht ohne Grund dieses schmerzliche Ende seines schönen Traumes beimessen mußte. Sie erschien ihm als der böse Dämon seines Lebens, und doch konnte er die geheimnißvollen Bande und mächtigen Fesseln, mit denen sie ihn immer von Neuem zu um= stricken wußte, nicht zerreißen. Um ihr zu entfliehen, war er nach Italien und Griechenland gereist und über ein Jahr in der Ferne unstät umhergeirrt. Schon

glaubte er den Zauber des dämonischen Weibes über=
wunden zu haben, als sie ihm von Neuem sein Ver=
hängniß hier auf der Schwelle der Heimath unvermuthet
entgegenführte. Er durfte sich nicht vergebens von ihr
erwarten lassen, denn alte Schuld und Dankbarkeit
knüpften ihn an diese Frau, die ihn nicht nur durch
ihre Schönheit, sondern auch durch ihr geistiges Ueber=
gewicht beherrschte, aber er war entschlossen, heute noch
diesem drückenden Verhältnisse ein Ende zu machen und
für immer mit ihr zu brechen.

Mit diesem Vorsatze trat er in das Zimmer der
schönen Frau, die ihm mit einem Freudenruf entgegen=
flog und mit ihren weichen Armen fest umschlang, ohne
daß er ihr es zu wehren vermochte. Wider Willen
fand er sich von ihr auf das schwellende Sopha nieder=
gezogen und an ihrer Seite sitzend. Vor ihm stand
auf dem runden Tisch ein ausgesuchtes Mahl, herrliche
Früchte in geschliffenen Krystallschaalen und goldener
Wein in grüner funkelnder Flasche, beleuchtet von dem
traulichen Schimmer der Astrallampe. Die ganze An=
ordnung verrieth einen feinen ästhetischen Sinn und
mußte selbst sein verwöhntes künstlerisches Auge be=
friedigen.

Sie selbst erschien in einem ausgesuchten Negligee; um die üppigen Glieder schmiegte sich in malerischen Falten der Morgenrock von weißem Kaschmir. Das dunkle Haar von bläulicher Schwärze war in einen griechischen Knoten geschlungen, während einzelne Locken ungebändigt um den schimmernden Nacken spielten. Die auffallende Blässe des Gesichts ließ die tiefe Gluth ihrer versengenden Blicke nur noch feuriger, die rothen Lippen nur noch brennender erscheinen, wodurch ihre ganze Physiognomie einen eigenthümlichen, dämonischen Ausdruck gewann, so daß man unwillkürlich an die verlockende Lorelei der Sage erinnert wurde.

Nach der ersten stürmischen Begrüßung lud das schöne Weib den Künstler ein, an dem bereitstehenden Mahle Theil zu nehmen, indem sie zwei Gläser mit rothem Wein füllte, um auf seine glückliche Heimkehr mit ihm anzustoßen.

„Nochmals willkommen!" rief sie mit ihrer etwas tiefen Glockenstimme. „Ich trinke auf Dein Wohl, auf unsere Liebe!"

Während sie mit fester Hand ihr Glas erhob, zitterte die seinige vor innerer Bewegung, so daß einige rothe Tropfen auf das weiße Tischtuch niederflossen und statt des hellen Gläserklanges ein dumpfes Klirren tönte.

„Das klingt wie Grabgeläute," sagte sie lächelnd,
„aber ich bin nicht abergläubisch. Was kümmert mich
die Zukunft, wenn nur der Augenblick mir lächelt. Ich
habe Dich wieder, und das ist mir genug. So schnell
sollst Du mir nicht wieder davonfliegen, Du leicht be=
schwingter Vogel! Ich will Dich schon festbinden, daß
Du nicht weiter kommst, als ich erlaube." Zugleich
löste sie mit einem raschen Griff den Knoten ihrer dichten
Haare, die sie wie eine seidene Schlinge um seinen
Nacken band.

„Gefangen, gefangen!" jubelte sie laut, ihn fester an
sich ziehend.

„Thörin!" schalt er mit schlecht verhehltem Unmuth,
indem er sich aus ihren seidenweichen Fesseln zu lösen
suchte.

„Laß mich ein Kind sein," scherzte sie, „und sei
es mit mir. Hab' ich doch doppelten Grund, mich des
Lebens zu freuen, da ich Dich wieder sehe und zugleich
Dir sagen darf, daß ich frei bin von den lästigen
Banden einer unglücklichen Ehe. Das Gericht hat end=
lich die Scheidung von meinem langweiligen Gatten
ausgesprochen und ich darf Dir ohne Furcht und Scheu
für immer angehören."

Gegen ihre Erwartung nahm Paul die plötzliche Nachricht keineswegs so freudig auf, als sie gehofft. Seine Mienen drückten weit eher eine tiefe Bestürzung und eine sich steigernde Verlegenheit aus, so daß sie seine wahre Meinung über den gewagten Schritt nicht länger bezweifeln konnte. Ueber ihre schöne leuchtende Stirn flog ein finsterer Schatten und die dunklen Augen verfolgten ihn mit mißtrauischen Blicken.

„So seid ihr Männer," sagte sie mit bitterem Ton, „undankbar für unsere Opfer, verschmäht ihr unsere Liebe, wenn ihr keine Hindernisse mehr zu besorgen habt. Nur was Euch unerreichbar scheint, reizt eure unersättliche Begierde, und der Besitz macht euch stumpf und gleichgültig."

„Du thust mir unrecht," entgegnete er beschwichtigend, „Deine unvermuthete Mittheilung hat mich überrascht und zugleich besorgt gemacht. Durch Deine Scheidung hast Du Deine Existenz auf's Spiel gesetzt und Deine gesicherte Zukunft, wie ich fürchten muß, aufgegeben. Du hättest daran denken sollen, welch' ein glänzendes Loos Dir an der Seite eines so reichen und nachsichtigen Mannes geboten war, der selbst mit Deinen Schwächen eine seltene Geduld zeigte. Mag Frank noch so unbedeutend und langweilig sein, er war

wenigstens kein Othello und außerdem im Stande, all'
Deine kostspieligen Launen zu erfüllen. Deshalb er=
scheint mir diese Trennung unüberlegt und keineswegs
gerechtfertigt."

„Die Vorwürfe hättest Du mir sparen können, da
Du weißt, wie traurig unsere Ehe war. Ich konnte
es nicht länger ertragen, diesen langweiligen, abgelebten
Menschen zu unterhalten. Er gähnte mich den ganzen
Tag an, und wo ich saß und stand, schwebte mir sein
offener Mund vor Augen. Selbst seine Nachsicht und
Güte, welche Du von ihm rühmst, brachten mich zur
Verzweiflung. O die Ehe ist eine Galeere und selbst
die beste nur ein Gefängniß für uns arme Frauen!"

„Das hättest Du damals überlegen müssen, als er
sich um Dich bewarb."

„Was sollte ich thun? Das Theaterleben ekelte
mich an, die täglichen Angriffe der Kritik, die Launen
des Publikums und die Intriguen meiner Kollegen
widerten mich an. Dazu kam meine Krankheit, die ich
mir durch eine Erkältung zugezogen. Meine Stimme
hatte gelitten und ich fürchtete, sie für immer zu ver=
lieren. Ich dachte an meine Zukunft, an die unaus=
bleibliche Noth, an all' die Entbehrungen, welche mich
erwarteten. Ich war ein Kind, ein verwöhntes Kind.

In meiner Angst griff ich nach der ersten, besten Hand, die sich mir entgegenstreckte. Der reiche Frank erschien mir als ein annehmbarer Bewerber, dennoch schwankte ich, aber meine Mutter bestürmte mir mit ihren Bitten und Thränen. Du kennst sie ja und meine Schwäche für die alte Frau, der ich nichts abschlagen kann. Ihr Zureden, der Wunsch, mit einem Male allen Verlegen= heiten zu entgehen, der Gedanke, ein Haus zu machen und den Neid meiner Kolleginnen zu erregen, die Sehn= sucht nach einem Wechsel meines Looses ließen mich sein Anerbieten annehmen. So wurde ich die Frau dieses jammervollen Mannes, der mich nur heirathete, um seine Eitelkeit zu befriedigen und die Leere seines Lebens auszufüllen, wie er sonst ein kostbares Spielzeug, ein seltenes Möbel oder ein theures Reitpferd kaufte, um die öffentliche Aufmerksamkeit auf sich zu ziehen."

„Ueberließ Dir Frank nicht Deine volle Freiheit und beschränkte Dich in keiner Weise?"

„Das ist wahr, er ist ein guter Tropf," sagte sie, laut auflachend, „das Modell und Muster eines Ehe= philisters, in Eselshaut gebunden. Anfänglich war ich euch zufrieden und fühlte mich so glücklich, wie eine reiche Schlächterfrau mit ihrem neuen Plüschsopha. Ich hatte Alles, was das Herz begehrt, ein Haus in der

Residenz, eine Villa auf dem Lande, eine elegante Equipage und dazu die beste Gesellschaft, aber leider auch einen Mann, der mich bald durch Mangel an Geist und Bildung, durch sein Phlegma und durch seine Pedanterie zur Verzweiflung brachte. So oft er den Mund zum Sprechen öffnete, sagte er eine Dummheit, über die ich erröthen mußte. Wenn ich meine schönsten Lieder von Schubert und Mendelssohn sang, schnarchte er so laut, daß die ganze Gesellschaft erschrocken auffuhr. Nur ein Fleck in meinen Kleidern, ein Stäubchen auf meinen Möbeln konnte ihn aus seiner gewohnten Ruhe aufbringen und ihn ganz unglücklich machen. Eines Tages fand ich ihn in meinem Salon, wie er mit Bürsten unter den Füßen gleich einem Besessenen hin und her fuhr, um den getäfelten Boden zu glätten, da der Bohnerer ihm nicht genügte, und dabei lief ihm der Schweiß von der gerötheten Stirn. O! es war eine zu komische Figur!"

Von ihrer unwiderstehlichen Heiterkeit angesteckt, brach auch Paul in ein schallendes Gelächter aus, obgleich er bald wieder seinen früheren Ernst zeigte.

„Und dann," fuhr sie in demselben frivolen Tone fort, „war Frank ein ausgemachter Gourmand und wurde täglich dicker und unförmlicher. Als ich ihn

kennen lernte, hatte er eine schlanke Taille und eine
ganz passable Figur; mit der Zeit war er ein wahrer
Falstaff geworden. Eine solche Umwandlung ist an und
für sich schon ein Scheidungsgrund. Man nimmt doch
nur einen Mann unter der Voraussetzung, daß er uns
immer gefallen werde, und unter der Hand verwandelt
sich der schöne Adonis in ein plumpes Ungeheuer. Ich
erinnere mich, in einem naturwissenschaftlichen Buche
einmal gelesen zu haben, daß jeder Mensch ungefähr
in sieben Jahren eine völlig neue Konstitution erhält,
so daß von dem alten Adam auch nicht ein Atom übrig
bleibt. Ist es nicht unter solchen Umständen eine ver=
messene Thorheit und ein schreiendes Unrecht, sich auf
ewig zu binden und einem Manne bis an sein Lebens=
ende anzugehören? Die Natur ist einem ewigen Wechsel
unterworfen, die Jahreszeiten kommen und gehen, die
Menschen werden alt und häßlich, nur das wandelbare
Herz soll beständig bleiben und einen augenblicklichen
Irrthum mit ewiger Reue büßen."

„Und was willst Du an die Stelle der von Dir
verworfenen Ehe setzen?"

„Die Liebe," rief sie mit leuchtenden Blicken, „die
freie Liebe, welche keine Schranken, kein Gesetz erkennt!
Sie läßt sich nicht binden, nicht erkaufen, sie giebt sich

rückhaltslos und ohne Berechnung dem Geliebten hin, wie ich mich Dir ergeben habe. Was kümmert mich die Welt mit ihren thörichten Satzungen, ihrem langweiligen Geschwätz? Hoch wie die Götter des Olymp thronen wir auf goldenen Höhen, schauen wir herab auf das niedere Treiben der Sterblichen und genießen im flüchtigen Augenblick die ganze Ewigkeit!"

Wie von einem bacchantischen Taumel ergriffen sprang sie plötzlich von dem Divan auf und ergriff das gefüllte Glas, indem sie mit wunderbarer Gluth das schöne Trinklied des Orsino aus Donizetti's „Lucretia Borgia" anstimmte. Immer herrlicher entfaltete sich ihre kräftige und weiche Altstimme, die ihren früheren metallischen Silberklang wiedergewonnen zu haben schien, immer lebendiger und dramatischer wurden ihre Bewegungen und das Spiel, womit sie den Gesang begleitete; ihre Augen glänzten in wilder Lust, über das bleiche Gesicht zuckten die Flammen der Begeisterung, bacchantisch flatterten die losgelösten schwarzen Locken um die weißen Schultern, ihr ganzes Wesen schien verwandelt und gehoben. Unwillkürlich erlag Paul von Neuem dem Zauber ihrer genialen Erscheinung, so daß er den ursprünglichen Vorsatz vergaß, weßhalb er zu so später Stunde sie noch aufgesucht hatte.

„Wunderbar!" rief er entzückt, als sie mit einer schmetternden Cadence ihren Gesang endete und zugleich das Glas mit einem Zuge im Geiste ihrer Rolle leerte.

„Weißt Du auch, daß Du eine große Künstlerin bist?"

„Ich weiß wenigstens," entgegnete sie lächelnd, „daß ich nichts verlernt habe und noch immer, wenn ich will, ein Engagement an der Oper finden kann. Ich habe sogar bereits einige annehmbare Anerbietungen erhalten, die ich jedoch vor der Hand zurückgewiesen, da ich erst meine alten Rollen wieder durchgehen und neue Studien machen muß, bevor ich wieder auftrete; Du kannst daher wegen meiner Zukunft ganz unbesorgt sein. Auch' io sono pittore. Ich fühl' ein Sehnen nach Unsterblichkeit, wie Shakespeare's Cleopatra in ihrer großen Todesstunde.

Den Mantel gieb, setz' mir die Krone auf,
Ich fühl' ein Sehnen nach Unsterblichkeit!
Nun netzt kein Traubensaft die Lippe mehr.
Rasch, gute Iras! Schnell! Mich dünkt, ich höre
Antonius' Ruf, ich seh' ihn sich erheben,
Mein edles Thun zu preisen; er verspottet
Des Cäsar Glück, das Zeus nur als Entschuld'gung
Zukünft'gen Zorns verleiht. Gemahl, ich komme.
Jetzt schafft mein Muth ein Recht mir zu dem Titel!
Ganz Feu'r und Luft, geb' ich dem niedern Leben
Die andern Elemente. Seid ihr fertig,
So kommt, nehmt meiner Lippen letzte Wärme,

Leb' wohl, Du gute Charmica, Du liebste Iras!
Ein langes Lebewohl!
Hab' ich die Nattern auf der Lippe? Fällst Du?
Kann sich Natur so freundlich von Dir trennen,
So trifft der Tod wie Händedruck des Liebsten
Schmerzlich und doch ersehnt. Liegst Du so still?
Wenn Du so hinscheidest, meldest Du der Welt,
Sie sei nicht werth des Abschieds."

Wähend die Sängerin die Verse des unsterblichen
Dichters rezitirte, schien ihre Gestalt sichtlich zu wachsen,
ihre überaus bewegliche Physiognomie nahm einen idealen,
majestätischen Ausdruck an, ein übernatürlicher Glanz
strahlte von der weißen Stirn, und leuchtete aus den
dunklen Augen. Mit hinreißender Wahrheit malte sie
das Nahen des Todes, die Agonie der königlichen
Sünderin, welche sich im letzten Todeskampf zu einer
nie geahnten Höhe und Würde emporschwingt und ein
Leben voll schwerer Verirrungen durch ihre Größe in
der Todesstunde zu versöhnen weiß.

Es war in der That ein ergreifendes und bewun=
derungswürdiges Schauspiel, wobei sich Dichtung und
Wahrheit, Phantasie und Wirklichkeit zu unbeschreiblicher
Wirkung verbanden, so daß der Künstler das Ideal
seiner Cleopatra verkörpert zu erblicken glaubte. Die
Illusion wurde noch gesteigert durch den plötzlichen
Eintritt des schon den ganzen Tag drohenden Gewitters,

welches sich jetzt mit dröhnendem Donner und zuckenden
Blitzen über Lindensee entlud, die seltsame Scene mit
seinen dumpfen Schlägen und Flammen begleitend.
Ein kalter Schauer erfaßte den Maler, als die schöne
Frau im Geiste ihrer Rolle mit geschlossenen Augen
starr und leblos in seine Arme sank, während Leichen=
bläße das schmerzlich verzogene Gesicht bedeckte. Von
einer unerklärlichen Angst erfüllt, rief er sie laut bei
ihrem Namen, gab er ihr die süßesten Schmeichelworte,
bat und beschwor er sie, der peinlichen Scene doch ein
Ende zu machen. Unwillkürlich näherten sich seine
Lippen dem schwellenden Mund, als wollte er mit seinen
heißen Küssen ihr ein neues Leben einflößen und sie
aus ihrer künstlerischen Ohnmacht wecken. Unter seinen
Liebkosungen schien sie endlich wie aus tiefem Traume
zu erwachen; ihre Wangen rötheten sich wieder und die
erloschene Glut loderte mit verdoppeltem Glanz in den
dunklen dämonischen Augen.

„Du liebst mich, liebst mich noch!“ jubelte sie laut,
indem sie ihn stürmisch an den wogenden Busen preßte.

Er hatte nicht den Muth, in diesem Augenblick ihren
Wahn zu zerstören und die bisher vermiedene Erklärung
herbeizuführen, da er mit Recht ihre unheimliche Auf=
regung nicht noch höher steigern und eine unter diesen

Umständen doppelt peinliche Scene sich und ihr ersparen wollte. Ruhig duldete er ihre stürmischen Liebkosungen, ließ er es geschehen, daß sie ihn mit der ganzen Glut ihrer neuerwachten Leidenschaft umschlang und zu sich niederzog, während der strömende Regen an die geschlossenen Glasthüren des Balkons schlug und ihr einen neuen Vorwand lieh, ihn in ihren Armen zurückzuhalten.

III.

Das Gewitter hatte ausgetobt, am klaren blauen Himmel leuchtete die goldene Morgensonne und vergoldete mit ihren Strahlen die Spitzen der Berge, die rothen Dächer und den grünen See. Trotz Vorhänge und Jalousieen drang ihr heller Schein durch die Fenster und weckte die Schläfer, welche dem lauten Gezwitscher der Vögelschaar noch ihr Ohr verschlossen hatten. Auch Clara war erwacht, aber vergebens lockten draußen die lustigen Sänger, dufteten die erfrischten Matten, rauschten die Bäume, im Morgenwind die grünen Häupter schüttelnd, daß die Regentropfen wie blitzende

Demanten zur Erde fielen. Gegen ihre sonstige Ge=
wohnheit lag sie mit halb geschlossenen Augen, das
blonde Haupt auf den weißen Arm gestützt, in ein
tiefes Nachdenken versunken. Plötzlich fuhr sie empor,
als wollte sie sich gewaltsam ihren Träumen entreißen,
indem sie mit der Hand mechanisch über die Stirn fuhr,
wie um die lästigen Gedanken zu verscheuchen. Während
sie sich anzog, warf sie einen flüchtigen Blick in den
Spiegel; sie kam sich blaß vor und fühlte sich ange=
griffen. Von Neuem verfiel sie in ihr früheres Nach=
sinnen, so daß sie darüber fast ihre Toilette vergaß und
die Hände schlaff in den Schooß sinken ließ, wie von
einer inneren Müdigkeit überwältigt. Vor ihrer Seele
stand ein Bild, das sie nicht mehr verlassen wollte, das
Bild der schönen verführerischen Frau auf dem Balkon,
ihr Aufschreien, die Verlegenheit des Künstlers, die ganze
peinliche und befremdende Scene ihres gestrigen Aben=
teuers. Ein Schauer schien sie zu erfassen, als stünde
sie an einem dunklen Abgrund, von unwiderstehlichem
Schwindel ergriffen.

„Ich will nicht mehr daran denken," sagte sie
mit dem alten Stolz und mit der wiedererwachten
Energie. „Wenn ich ihn sehe, werde ich ihn nicht
kennen."

Ruhig und mit fester Hand beendete sie jetzt ihren
Anzug, um sich zu ihrer Tante zu begeben, welche be=
reits sie am Frühstückstische erwartete. Zu jeder anderen
Zeit wäre vielleicht die verwöhnte Staatsräthin über einen
solchen Verstoß gegen Sitte und Respect außer sich gera=
then, aber sie hatte heute einmal zur Abwechslung ihren
guten Tag, wo sie ebenso liebenswürdig als sonst un=
angenehm sein konnte. Die neue Umgebung, die frischen
Eindrücke der Reise, der heitere Morgen und vor Allem
die Gegenwart ihres einzigen, von ihr verzogenen
Sohnes übten den günstigsten Einfluß auf das reizbare
Nervensystem der kränkelnden Dame.

An ihrer Seite saß der Legationssekretär in eleganter
Morgentoilette, das blonde Haar sorgfältig gescheitelt
und toupirt, wie es die Mode des Tages forderte.
Das feine Gesicht zeigte jene regelmäßig banale Schön=
heit, welche mehr auf den ersten Blick besticht, als auf
die Länge fesseln kann; die Züge nicht ohne geistigen
Ausdruck, nur etwas verschwommen und abgespannt. Ein
aufmerksamer Beobachter hätte in den mehr glänzenden
als tiefen Augen und an dem sinnlich geformten Mund
vielleicht ein Gemisch von Leichtsinn und Genußsucht
entdeckt. Die verschwommene Gesichtsphysiognomie schien
sich im Charakter, oder vielmehr dieser in jener ab=

zuspiegeln; neben einer gewissen Bonhomie eine tüch=
tige Dosis von berechnendem Egoismus, vorwiegender
Verstand mit Sentimentalität gepaart, welche nicht
selten bei Verstandesmenschen die Stelle des wahren
Gefühls ersetzt, Schwäche und Mangel an Grundsätzen
durch eine oberflächliche Liebenswürdigkeit verhüllt und
selbst mit einem Anstrich von Gutmüthigkeit platirt,
hinter der sich die vorherrschende Selbstsucht barg. In
diesem Augenblick, wo er seiner Mutter gegenüber saß,
entwickelte er eine überschwängliche Zärtlichkeit, die nicht
ganz frei von jeder Berechnung war. Seine Schmeicheleien
über das gute Aussehen und die geschmackvolle Toilette
der Staatsräthin glichen mehr den Galanterieen eines
Liebhabers, als den Aeußerungen kindlicher Liebe, fan=
den aber darum um so größere Anerkennung, da die
frühere Weltdame trotz Alter und Kränklichkeit nicht
unempfänglich für derartige Huldigungen blieb.

„Ja, ja, liebe Mama,“ sagte der Legationssekretär,
„Du hast Dich merkwürdig conservirt und bist noch
immer die interessanteste Frau meiner Bekanntschaft.“

„Geh’, geh’,“ entgegnete sie mit kokettem Lächeln,
„Du bist ein Schmeichler und machst Dich über Deine
Mutter lustig.“

„Ich gebe Dir mein Wort, daß Du Dich, seitdem
wir uns zum letzten Mal gesehen, verjüngt hast. Dein
Teint ist so frisch, Dein Auge so lebhaft, daß man
vollkommen Dein Alter vergißt. Ich glaube, daß es
Dir noch wie Ninon Lenclos passiren kann, daß sich
Dein eigener Sohn in Dich verliebt."

„Du bist ein Thor," schalt sie freundlich, „und
willst mich selbst zur Närrin machen. Aber ich durch=
schaue Dich und will eine Wette eingehen, daß Du
wieder einmal einen dummen Streich zu beichten hast.
Gewiß soll ich neue Schulden für Dich bezahlen."

„Ich bewundere Deinen Scharfblick und beuge mich
vor Deinem Geist, dem nichts verborgen bleibt."

„Leon, wann wirst Du einmal vernünftig werden?"

„Du glaubst gar nicht, wie kostspielig das Leben in
unsern diplomatischen Kreisen ist. Mein Gesandter ver=
langt, daß ich ihm Ehre mache. Man muß sich überall
sehen lassen, repräsentiren, Assembleen und Hoffeste be=
suchen, im Theater seine Loge halten, täglich einige
Louisd'or mit Anstand im Spiel verlieren. Meine
Stellung verlangt diese Ausgaben und ich kann mich
ihnen, selbst wenn ich noch so sparsam lebe, nicht ent=
ziehen, ohne mir zu vergeben."

„Leider!" seufzte die Staatsräthin. „Auch bin ich
gern zu jedem Opfer bereit, aber meine Mittel dürften
auf die Länge der Zeit kaum noch ausreichen. Du
weißt, daß Dein Vater mir kein allzugroßes Kapital
hinterlassen hat, daß die Zinsen und meine Pension
zusammengenommen höchstens einige tausend Thaler be=
tragen und ich mir Deinetwegen schon manche Be=
schränkungen auferlegen muß. Ich frage Dich, was
daraus werden soll? Verlangst Du, daß ich auf meine
alten Tage und bei meinen Leiden darben soll?"

„Gewiß nicht, geliebte Mama! Der Gedanke wäre
mir unerträglich, und lieber würde ich meine Carrière
aufgeben und nach Amerika gehen, wo ich zur Noth als
Marqueur oder Steinklopfer unbeschadet meiner Abkunft
mich ernähren kann."

„Leon!" schrie die Staatsräthin entsetzt, „das könntest
Du Deiner armen Mutter anthun? Du willst mich
tödten!"

„Was bleibt mir übrig?" fragte er, die beabsich=
tigte Wirkung seiner keineswegs ernstlichen Drohung
abwartend.

„Ich will ja gern Alles thun, was in meinen
Kräften steht, und auch diesmal Deine Schulden be=
zahlen, nur sprich mir nicht mehr von dem abscheulichen

Amerika, deſſen Erwähnung mich ganz nervös macht.
Wer wird denn gleich an das Aergſte denken? Ein
junger Mann wie Du, mit Deinem Aeußern, Deinem
Namen, Deiner Stellung, iſt nicht verloren. Du
brauchſt nur zuzugreifen und alle Verlegenheiten haben
ein Ende."

"Mit dürren Worten, ich ſoll heirathen."

"Eine reiche Partie würde Dir die Mittel zu einem
ſtandesgemäßen Auftreten gewähren und Dich in Deiner
Carrière ſchneller vorwärts bringen."

"Immer das alte Lied mit neuen Variationen.
Offen geſtanden, ich fühle keinen Beruf für die Ehe
und ich fürchte, daß ich kein beſonders exemplariſcher
Gatte ſein werde. Mir graut vor jeder Beſchränkung,
und die Erfahrungen meiner Freunde, die in Hymens
Feſſeln ſchmachten, machen mich eben nicht begierig, ihrem
Beiſpiele zu folgen und in den unglücklichen Orden vom
Hauskreuz zu treten."

"Du ſtellſt Dir die Ehe ſchlimmer vor, als ſie in
Wirklichkeit iſt. Viel thut die Macht der Gewohnheit,
und mit der Zeit lernt man ſich gegenſeitig fügen und
accomodirt ſich in einander. Du ſelbſt biſt über die
Jahre der Schwärmerei hinaus, und kennſt nur zu gut
den Werth eines geſicherten Beſitzes. Eine kluge Frau

mit einem hinreichenden Vermögen erscheint mir gerade in Deiner Stellung unentbehrlich und würde Deinen Interessen von größtem Nutzen sein. Dazu kommt noch der Reiz einer comfortablen Häuslichkeit, eine sorgenlose Zukunft und die Aussicht auf das Alter, wo man der Pflege und Gesellschaft einer treuen Freundin doppelt bedarf."

„Gesprochen wie der weise Salomon! Du machst mir ordentlich Lust, mich Hals über Kopf zu verheirathen. Nur fehlt mir noch die Hauptsache, ein Mädchen, das alle meine Ansprüche erfüllt: schön, liebenswürdig, geist= reich und besonders mit dem unentbehrlichen Vermögen. Solch' ein Schatz wird schwer zu finden sein."

„Weit leichter als Du glaubst. Du brauchst nur darnach die Hand auszustrecken."

„Du machst mich in der That neugierig."

„Deine Cousine Clara."

„Die Männerfeindin!" entgegnete er überrascht. „Ich fürchte, daß sie Deine Pläne rasch zerstören wird."

„Darüber kannst Du ohne Sorge sein. Ich kenne sie genau und weiß, daß sie keineswegs so unempfind= lich ist, wie sie der Welt erscheint. Ihre Ehescheu sitzt nicht in ihrem Herzen, sondern nur im Kopf. Wie ge= fällt Dir mir mein Vorschlag?"

„Er läßt sich hören. Sie hat sich wunderbar ent=
wickelt und erscheint mir eben so interessant wie be=
deutend; selbst ihre Sprödigkeit macht sie nur begehrens=
werther.“

„Clara besitzt in der That alle Eigenschaften um
einen Mann glücklich zu machen. Was meinst Du?“

„Ein solcher Schritt bedarf der Ueberlegung.“

„Ich begreife nicht, wie Du noch zögern kannst,
wenn Du nicht durch ein anderes Verhältniß bereits
gebunden bist,“ versetzte die Staatsräthin mißtrauisch.

„Wie kannst Du nur denken,“ erwiderte der Lega=
tionssekretär lächelnd und seine Befangenheit geschickt
verbergend. „Mein Herz ist frei wie der Vogel in der
Luft.“

„Um so besser,“ sagte sie beruhigt. „Eine leichte
Liaison verzeih' ich jedem jungen Mann, wenn er sie
nur zur rechten Zeit und ohne Aufsehen zu lösen
weiß. Aber Du scheinst mir zerstreut, woran denkst Du
denn?“

„Weniger an mich, als an meine spröde Cousine,
deren Eroberung mir keineswegs so leicht erscheint, wie
Du glaubst.“

„Du mußt Dich nur nicht beim ersten Anlauf
zurückschrecken lassen, und ich verbürge mich für den

Erfolg. Ich selbst werde Dir zur Seite stehen und vor Allem das Terrain für Dich sondiren. Was thut nicht eine zärtliche Mutter für ihren geliebten Sohn?"

„Du bist zu gütig und ich will mich ganz Deiner Führung überlassen," entgegnete der Legationssekretär, ihre Hand an seine Lippen drückend, um seine kaum mehr zu bewältigende Verlegenheit zu verbergen.

Zur rechten Zeit machte der Eintritt Clara's dem verfänglichen Gespräch ein Ende. Sie entschuldigte ihr spätes Kommen mit ihrer gestrigen Ermüdung und sprach zugleich ihre Bewunderung über das frische Aussehen ihrer Tante aus.

„Das darf Dich nicht Wunder nehmen," entgegnete die Staatsräthin. „Das Wiedersehen mit Leon nach so langer Trennung hat mich neu belebt. Er ist der beste, der zärtlichste Sohn auf der ganzen Welt."

„Du beschämst mich, geliebte Mama! Ich bedauere nur, daß es mir nie vergönnt ist, Dir meine Liebe zu beweisen. Oft quält mich der Gedanke, Dich so fern, allein und schutzlos zu wissen."

„Der Himmel hat mir eine Tochter gegeben," sagte die Staatsräthin, indem sie Clara ihre linke und dem Legationssekretär gerührt die rechte Hand reichte. „Ihr seid Beide meine Kinder, mein Herz wenigstens macht keinen Unterschied zwischen Euch."

„Es fragt sich nur," sagte der gute Sohn, die Absicht der lebensklugen Mutter schnell erfassend, „ob Clara mich zum Bruder annehmen will."

„Ich habe mir stets einen Bruder gewünscht," entgegnete sie unbefangen, „und meine Freundinnen stets darum beneidet."

„Ou peut-on être mieux, qu'au sein de sa famille!" rief die Staatsräthin, indem sie mit ihrem Sohn einen Blick des Einverständnisses wechselte.

Der Legationssekretär ließ ihren Wink nicht unbeachtet und fand sich bald in seine brüderliche Rolle mit einer Virtuosität, welche Clara über seine wahren Absichten vollkommen täuschte. Ahnungslos überließ sie sich einer verwandtschaftlichen Vertraulichkeit, die sie schon allzu lange entbehrt hatte. Leon entfaltete seine ganze Liebenswürdigkeit, die ihm, wenn er wollte, zu Gebote stand. Er erzählte von seinem Aufenthalte in der Residenz, von den Hofkreisen, interessante Anekdoten und Abenteuer aus der diplomatischen Welt, in der er vollkommen zu Hause war. Seine Unterhaltung war leicht und pikant, obgleich oberflächlich und ohne tieferen Gehalt. Sie irrte von einem Gegenstand zum andern, ohne ihn zu erschöpfen. Die Staatsräthin hörte ihm mit mütterlicher Bewunderung zu, während Clara sich gern von ihm zerstreuen und von ihren immer wieder= kehrenden Gedanken abziehen ließ. Zuweilen jedoch versank sie in ihre früheren Träume, die sie vergebens zu verscheuchen suchte.

„Apropos," unterbrach die Staatsräthin seine Mit= theilungen, „ich wollte Dich schon längst fragen, ob Du etwas Näheres über unsern gestrigen Reisegefährten weißt, den Du ja zu kennen scheinst?"

„O nur ganz oberflächlich und per Renommée," entgegnete der Legationssekretär ausweichend.

„Ein charmanter Gesellschafter, ein bedeutendes Ta= lent, dieser Herr Ewald. Seine Bilder haben auf der letzten Ausstellung Aufsehen gemacht. Nicht wahr, liebe Clara?" fragte die Staatsräthin.

„Ich erinnere mich," versetzte diese zerstreut.

„Außerdem bin ich ihm zu großem Dank verpflichtet, da wir ohne seine Dazwischenkunft nicht so schnell be= fördert worden wären."

„Er hat eine Ritterpflicht gegen schutzlose Damen geübt, was jeder Gentleman an seiner Stelle ebenfalls gethan hätte. Im Uebrigen wünsche ich nicht, daß Du ihn wieder siehst, schon um Clara's willen."

„Um meinetwillen?" fragte sie leicht erröthend. „Ich weiß nicht, was dieser Mann mit mir zu schaffen hat?"

„Ich bitte meine schöne Schwester um Verzeihung, aber als Bruder habe ich das Recht, sie vor diesem Menschen zu warnen. Herr Ewald ist nach Allem, was ich von ihm weiß und erfahren habe, kein geeigneter Umgang für eine junge Dame der höhern Gesellschaft."

„Mein Gott!" rief die Staatsräthin, „was hat er denn verbrochen?"

„Ein Verbrecher ist er gerade nicht, aber er gilt in der ganzen Residenz für einen galanten Abenteurer und stadtbekannten Roué."

„Diese Künstler sind immer extravagante Menschen," entgegnete die Staatsräthin entschuldigend, „man muß mit ihnen Nachsicht haben und dem Genie Vieles ver= zeihen."

„Aber Herr Ewald mißbraucht dieses Privilegium in unerlaubtem Maaße. Du weißt, daß ich keineswegs ein strenger Sittenrichter bin, doch man darf nie die äußern Dehors verletzen und Veranlassung zu öffentlichem Scandal geben. Diese Rücksicht ist man sich und der Gesellschaft schuldig."

„Ganz meine Ansicht, und ich freue mich, daß Du
so vortreffliche Grundsätze hast. Aber ich möchte doch
gar zu gern wissen, was dieser Mensch gethan hat?"

„Ein anderes Mal, liebe Mama, bin ich gern be=
reit, Deine Neugierde zu befriedigen. Du kannst doch
nicht verlangen, daß ich in Clara's Gegenwart —"

„O!" entgegnete diese gereizt, „ich will diese in=
teressanten Mittheilungen nicht stören und werde mich
entfernen, da ich noch mehrere Briefe zu schreiben habe.
Genire Dich nicht. Ohnehin würde ich ja doch nur
erfahren, was ich schon längst weiß, daß es keinen
Mann auf Erden giebt, den ein Weib noch achten
kann."

In sichtlicher Aufregung, mit gerötheten Wangen
und blitzenden Augen verließ sie hastig das Zimmer,
ehe sie der Legationssekretär daran hindern konnte, der
ihr verwundert nachblickte. „Hm," sagte er, „das sieht
bedenklich aus. Nach meiner Erfahrung möchte ich fast
annehmen, daß sich meine schöne Cousine nur zu sehr
für diesen Herrn Ewald interessirt, diese Heftigkeit kommt
mir verdächtig vor."

„Um so mehr hast Du Grund, Dich ihrer zu ver=
sichern. Du mußt den Augenblick benützen, der mir
günstiger als je erscheint. Ihr Stolz ist verwundet

und wird ihm nie verzeihen. Der Maler hat Dir
vorgearbeitet und Dir den Weg geebnet. Ist einmal
Bresche geschossen, dann kann man leicht die Festung
überrumpeln. Nur mußt Du klug und vorsichtig sein,
vor allen Dingen darf Clara nichts von Deinen Absichten
merken. Der leiseste Verdacht würde ihr Mißtrauen
wecken und alle unsere Pläne vereiteln."

Mit bewunderungswürdigem Scharfblick schrieb die
lebenskluge Frau ihrem Sohne sein Benehmen vor,
wobei sie eine genaue Kenntniß des weiblichen Herzens
und eine Fülle eigener Erfahrungen fast absichtslos ver=
rieth, während der Legationssekretär eine große Auf=
merksamkeit für ihre machiavellistischen Rathschläge heu=
chelte, wodurch sie sich über seine wahre Gesinnung
täuschen ließ.

Vollkommen beruhigt entließ sie ihren Sohn, welcher
eiligst den Weg nach der nahen Post einschlug, um die
für ihn angekommenen Briefe selbst in Empfang zu
nehmen. An dem Schalter des Bureaus fand er den
Maler vor, der in gleicher Absicht gekommen war.
Beide begrüßten sich höflich, indem sie einige flüchtige
Worte wechselten, während der geschäftige Beamte ihnen
die gewünschten Briefe verabfolgte. In der Eile oder
Zerstreutheit, womit dieser sein Amt verwaltete, fand

eine kleine Verwechslung statt, so daß Ewald ein für
den Legationssekretär bestimmtes Schreiben erhielt. Bald
jedoch gewahrte der Maler diesen Irrthum, als er einen
Blick auf die zierliche, von einer Damenhand geschriebene
Adresse warf. Die Schrift der Absenderin mußte ihm
jedoch bekannt vorkommen und erregte seine Neugierde.
Ein plötzlicher Verdacht erfaßte ihn, aber er hatte kein
Recht, den an einen Fremden gerichteten Brief zu er=
brechen, so sehr er sich auch dazu versucht fand und ob=
gleich er es unbemerkt thun konnte, da der Legations=
sekretär sich bereits entfernt und den Weg nach seinem
Hotel eingeschlagen hatte.

Wie höllisches Feuer brannte der Brief in den
Händen des Malers, aber er widerstand der Versuchung
und beschleunigte seine Schritte, um den Eigenthümer
einzuholen, innerlich schwankend, ob er eine Erklärung,
zu der er sich berechtigt hielt, von ihm fordern sollte.
Während er noch mit sich kämpfte, hatte er den Diplo=
maten eingeholt.

„Dieser Brief,“ sagte Paul in aufgeregtem Tone, „ist
an Sie gerichtet.“

„Ich danke Ihnen,“ sagte der Legationssekretär, in=
dem er hastig und mit sichtlicher Verlegenheit seine Hand

4 *

nach dem Schreiben ausstreckte, um es schnell in die Tasche seines Rockes zu verbergen.

Sein Erröthen und seine Befangenheit stärkten Paul's Verdacht, dennoch mußte er auf die gewünschte Auskunft verzichten, da der Diplomat, schnell gefaßt, die Gelegenheit wahrnahm, um sich von ihm zu verab= schieden, noch ehe er zu einem festen Entschlusse gelangen konnte. Mit mißtrauischen Blicken verfolgte ihn der Künstler, dem er nur zu schnell entschwunden war.

„Ich kann mich getäuscht haben." sagte er zu seiner eigenen Beruhigung. „Eine Handschrift sieht zuweilen der andern ähnlich. Was hätte auch meine Schwester mit diesem Legationssekretär zu schaffen. Sie ist noch ein halbes Kind und unter sicherer Obhut. Indeß ich will und muß mir Gewißheit zu verschaffen suchen und sogleich an Martha schreiben. Die Sache macht mich unruhig und kommt mir doch bedenklich vor."

IV.

Am entgegengesetzten Seeufer lagen die Ruinen des ehemaligen Cisterzienserklosters St. Theobald, gegenwärtig ein belebter Ausflugsort für die Badegäste aus dem nahen Lindensee. Die Zeit hatte den stattlichen Bau zerstört, die Mauern zum Theil zertrümmert, das Dach zerfallen lassen, den Kirchthurm zerbröckelt, trotzdem umschwebte die alte Ruine ein wunderbarer Duft bezaubernder Romantik. Ueber die leeren Zellen und einsamen Hallen hatte die Natur verführerisch ihre Hand gebreitet und das Werk der Zerstörung mit holder Anmuth überkleidet, die grauen Wände mit grünem Epheu tapezirt, den zerbrochenen Estrich durch einen Blumentisch ersetzt und statt der schwer lastenden Steinwölbung die blaue Himmelsdecke mit goldenen und purpurrothen Wolkenfresken darüber ausgespannt.

In der zerfallenen Basilika mit geborstenen Säulen und umgestürzten Kapitälen sangen die Vögel ihre Frühmesse mit lieblicher Stimme, und im Refektorium, wo sonst die Mönche tafelten, weideten jetzt übermüthige Ziegen mit gleichem Appetit. Aus den Nischen der Heiligenbilder sproßten junge Birken und weißer Schlehdorn, und wo am Hochaltar die gelben Wachslichter auf vergoldeten Leuchtern flammten und das Glöcklein des Ministranten zur Andacht lud, brannten jetzt die duftigen Königskerzen, läuteten die blauen Glockenblumen im Abendwind.

Im hohen Grase gebettet ruhten hier die steinernen Figuren eines tapfern Ritters oder frommen Abtes, als wenn sie eingeschlafen wären und noch von den alten Zeiten träumten. Meist herrschte in diesen Trümmern ein tiefer Frieden, eine süße, träumerische Melancholie, zumal wenn die Schatten der Dämmerung sich von den nahen Bergen senkten, oder über den Felsen der bleiche Mond erschien und mit seinem Silberlicht die verlassenen Zellen und öden Hallen füllte.

Am Tage dagegen machte das Leben und die Gegenwart ihr Recht geltend und verscheuchte durch ihr lautes Treiben die wandelnden Schatten der Vergangenheit. Statt des Geisterchores der abgeschiedenen Mönche tobte der ausgelassene Schwarm fröhlicher Badegäste, junge und ältere Herren in Leibröcken und Paletots, schöne Damen in luftigen Sommerkleidern und mit Hüten von allen möglichen und unmöglichen Formen, die alten Ordensregeln verspottend, welche streng den Frauen den Eintritt in diese heiligen Räume verweigerten.

Eine solche übermüthige Gesellschaft hatte sich auch heute in den Ruinen von St. Theobald eingefunden, um dort im Angesicht einer untergegangenen Welt doppelt die Freuden des Daseins zu genießen. Gerade dieser Gegensatz und die Mahnung an die Vergänglich-

keit und Flüchtigkeit alles Irdischen mochte unbewußt
die fröhliche Stimmung bis zur höchsten Ausgelassenheit
gesteigert haben. Auf dem grünen Rasen gelagert
schaarte sich die bunte Versammlung um die riesige
Bowle, mit duftendem Maitrank bis zum Rande gefüllt.
Die Stirn mit wildem Weinlaub, Epheu oder Feld=
blumen bekränzt, die Gesichter glühend vom Wein und
Fröhlichkeit, die Glieder nachlässig hingestreckt im Grase,
glichen diese Männer und Frauen einer Schaar schwär=
mender Bacchanten und Mänaden, welche ihre Mysterien
in den Ruinen des alten verfallenen Klosters feierten.

Eigentliche Königin und Seele dieses Kreises war
die schöne Sängerin, Paul's Cleopatra, oder wie sie
wirklich mit ihrem Künstlernamen hieß, Leonore Fischer=
Frank, mit von ihr beliebter Uebertragung in's Italieni=
sche Leonore Frankoni. Der verführerischen Frau hatten
sich unwillkürlich alle sogenannten genialen, der bürger=
lichen Ordnung und Philisterei spottenden Elemente der
Badegesellschaft in Lindensee angeschlossen, meist lustige,
herzensgute, nur etwas verkommene Gesellen, liebens=
würdige, ein wenig anrüchige Frauen, herumvagabon=
dirende Künstler, Sänger und Schauspielerinnen ohne
Engagement oder auf Ferien, junge Schriftsteller und
enthusiastische Theaterfreunde, ein unterhaltendes, liebens=

würdiges und geselliges Völkchen, das sich nur wenig um die Zukunft kümmerte, den flüchtigen Augenblick genoß und den sogenannten ehrbaren Gästen manchen Anstoß gab.

Als ein Typus dieser Art konnte vor Allen der dicke, gemüthliche Alte gelten, der mit unnachahmlicher Würde und Grazie das Amt eines Mundschenks versah. Den grauen Kopf mit Eichenlaub bekränzt, die Nase röthlich schimmernd von manchem frischen Trunk, glich er in seiner stattlichen Fülle dem alten, im seligen Rausch dahintaumelnden Silen. Unter dem Spitznamen Carlos bekannt, hatte er in früherer Zeit manchen Triumph als berühmter und beliebter Heldentenor ge= feiert und, wie die Fama berichtet, durch seine prächtige Stimme und seine kräftige Figur besonders in der Damenwelt zahlreiche Eroberungen gemacht. Leider war die schonungslose Zeit nicht unbemerkt an ihm vorüber= gegangen. Das dunkle Haar hatte sich verfärbt, und die schönen, dichten Locken, einst sein Stolz, waren wie Herbstlaub von ihm abgefallen, so daß sein kahler Scheitel eine mehr ehrwürdige, als schöne Glatze aufzuweisen hatte. Das Feuer seiner dunklen Augen war erloschen, und sie schwammen jetzt in jener wässerigen Feuchtigkeit, die bei alten Lebemännern auf allzu reichliche Libationen deutet. Dafür glänzte seine Nase wie Rubin und leuchtete wie Abendroth. Diese Nase war zu allen Zeiten und auch jetzt die Zielscheibe des Witzes für seine Freunde und Genossen.

„Carlos," scherzte ein junger Literat und Herausgeber eines humoristischen Blattes, „ich will Dir einen guten Rath geben, wie Du ohne Mühe alle Deine Schulden bezahlen kannst."

„Wer wird so dumm sein," entgegnete der alte Tenor, „und seine Schulden bezahlen? Damit verläppert man nur sein Geld, hat mir mein alter Direktor, der geistreiche Baron von Vaerst, gesagt, unter dem ich in Breslau mit enormem Beifall aufgetreten bin."

„Aber Du kannst doch immer Geld brauchen, da Du zu allen Zeiten Ueberfluß an Mangel hast. Was meinst Du zu einer kleinen Revenue, die Du Dir verschaffen wirst, wenn Du meinen Vorschlag befolgst?"

„Nun laß hören, mein Junge, laß hören. Ich bin in der That etwas knapp bei Geld, und mein Beutel ist fast so inhaltsleer wie Dein Blatt, was gewiß viel sagen will."

Ein schallendes Gelächter belohnte den Witz des Alten und forderte jetzt den satyrischen Schriftsteller um so mehr heraus, sich an seinem ihm ebenbürtigen Gegner zu rächen.

„Ich meine es wirklich gut mit Dir," sagte er mit erheuchelter Freundlichkeit, „deßhalb gebe ich Dir den Rath, Deine Nase einem Kupferschmied zu verkaufen oder eine Aktiengesellschaft zur Ausbeutung dieser unerschöpflichen Kupfermine zu bilden."

„Das habe ich auch gedacht," entgegnete lächelnd der alte Tenor. „Ich bin auch bei einem reichen Kupferschmied gewesen und habe ihm meine Nase zum Kauf angetragen. Aber denke Dir, was der Kerl mir darauf gesagt hat?"

„Nun, ich bin doch neugierig."

„Das müßte ein rechter Esel sein, der meine Nase für Kupfer hält."

Der Jubel der Gesellschaft wollte kein Ende nehmen, als Carlos seinen Gegner so kräftig abführte, daß dieser beschämt den ungleichen Wettkampf mit dem Alten aufgab.

„Bravissimo!" rief die Königin des Festes. „Mein alter Carlos hat in dem Turnier gesiegt und soll von mir festlich belohnt werden. Feierlich ernenne ich ihn hiermit zu unserem Oberhofmarschall und zum Großkreuz meines neu gestifteten Verdienstordens."

Mit diesen Worten löste die schöne Leonore eine Busenschleife ihres Kleides, die sie dem alten Tenor in das Knopfloch knüpfte, während er mit ritterlichem Anstande trotz seiner Schwerfälligkeit vor ihr niederkniete und galant die weißen Hände mit seinen schmunzelnden Lippen küßte.

„Es lebe unsere allergnädigste Herrin, Leonore die Unvergleichliche!" rief er laut und die ganze Versammlung stimmte donnernd ein.

Immer toller wurde der Jubel, immer wilder die Ausgelassenheit, man scherzte und lachte, man trank und sang, bald einzeln, bald im Chore, daß die alten Mauern wiederhallten. Zuletzt ordnete sich die ganze Gesellschaft zu einer komischen Prozession durch die Hallen und Kreuzgänge des Klosters, den Umgang der Mönche mit übermüthiger Laune parodirend.

Voran schritt der lustige Alte als erwählter Abt, die bekränzte Bowle tragend und nach der Melodie der Litanei ein lustig Trinklied plärrend. An seiner Seite erschien die schöne Leonore als fromme Aebtissin. Ein dichter Schleier verhüllte die schwarzen Locken und die weiße Stirn, unter der die niedergeschlagenen Augen nur um so verführerischer und verlangender loderten.

Dem stattlichen Paare folgte der ausgelassene Schwarm von Wein und Liebe berauschter Männer und Frauen, bemüht, in ihrer Haltung und in ihrem Ton die Mönche und Nonnen nachzuahmen, mit gefalteten Händen und angenommener Frömmigkeit, die mit den schalkhaften, rosigen Gesichtern um so schärfer kontrastirte. Der alte Tenor intonirte mit kräftiger Stimme das bekannte Lied des Klosterbruders „Tuck" aus Marschner's „Templer und Jüdin": „Der Barfüßlermönch die Zelle verließ. Ora pro nobis!"

„Ora pro nobis!" wiederholte der wilde Chor, mit den Gläsern anklingend und das Glockengeläute er= setzend.

Während die Prozession in dieser Weise durch die Ruinen und Kreuzgänge des Klosters zog, hatte sich Paul, welcher bei der Partie nicht fehlen durfte, unbe= merkt hinweggestohlen, angewidert von dem frivolen Treiben seiner Begleiter.

Seit einigen Tagen war mit ihm eine merkwürdige Veränderung vorgegangen, sonst der Ausgelassenste der ausgelassenen Schaar floh er jetzt den wilden Reigen und den lauten Lärm, sich nach der tiefsten Stille und Ein= samkeit sehnend.

Die Gesellschaft mit ihren übermüthigen Späßen ekelte ihn an und nur gezwungen folgte er der schönen Leonore, widerwillig sich dem alten Joche fügend. Er fand keinen Berührungspunkt mehr mit diesen leichten Gesellen und koketten Frauen, deren Witz und lustige Laune er sich sonst gefallen ließ, obgleich er stets über ihnen gestanden hatte.

Ein Bild reinster Jungfräulichkeit schwebte unablässig vor seinen Augen und wollte ihn nicht mehr verlassen. Mitten in dem allgmeinen Taumel glaubte er die holde Erscheinung zu erblicken, welche ihn mit unwiderstehlicher Gewalt nach sich zog. Sie winkte ihm und wie im Traume irrte er auf ihren Spuren, bis er sich allein und einsam in der stillen, zerfallenen Basilika befand. Hier ließ er sich auf einem alten Grabstein nieder, ein Platz, wie geschaffen zur melancholischen Betrachtung, um Einkehr in sich selbst zu halten. Ein unaussprechlicher Friede umschwebte das zerfallene Heiligthum, das trotz der Zerstörung einen Abglanz seiner alten erhabenen Schönheit sich bewahrt hatte. Wie verkörperte Gebete von frommen Lippen stiegen die schlanken Säulen zum Himmel empor, mit Engelsköpfchen und phantastischen Blumenarabesken geschmückt. Sein Künstlerauge ergänzte die zerbrochenen Kapitäle und bevölkerte den luftigen

Chor mit den Gestalten frommer Beter, welche ihre über=
irdischen Psalmen nur für ihn erschallen ließen. Die
grauen Wände bekleideten sich mit buntem Farbenschmuck,
mit den Bildern heiliger Männer und seliger Frauen,
und von dem zerstörten Altar lächelte die heilige
Jungfrau mit bekannten Zügen zu ihm nieder, schwebend
auf ihrem Wolkenthron und mit einer lichten Glorie
gekrönt.

Kein profaner Laut störte die geweihte Ruhe, nur
im Grase zirpte die Grille, raschelte eine graue Eidechse,
die mit klugen, glänzenden Augen den seltsamen Gast
anstaunte. Weit hinter ihm lag die Welt mit ihren
Täuschungen und Verirrungen, mit ihren Verlockungen
und Kämpfen wie ein bedrückender Traum. Er selbst
kam sich wie ein Einsiedler vor, der, den Menschen
entflohen, in stiller Abgeschiedenheit sich selber wieder=
findet.

So saß er da und träumte von einem neuen Leben,
von einem Ideal, das sein ganzes Herz erfüllte, von
einem bessern und schönern Sein, voll von großen
Gedanken und heiligen Empfindungen. Sein ganzes
bisheriges Treiben kam ihm so schaal und nichtig vor,
und selbst seine Leistungen in der Kunst befriedigten
ihn nicht länger. Nie zuvor hatte Paul so tief die

Nothwendigkeit eines sittlichen Mittelpunktes auch für
den Künstler empfunden als in diesem Augenblick. Was
war es, was die alten Meister so groß und unerreich=
bar machte, was ihren Schöpfungen den unsterblichen
Ruhm und Werth verlieh? Einzig und allein der edle
Gehalt ihres Charakters, die schrankenlose Hingebung
an eine große Idee, sei es die Anbetung Gottes, die
Begeisterung für das Vaterland oder die Liebe zu einem
reinen Weibe, während der moderne Egoismus, durch
die verschiedensten Interessen zersplittert und zerrissen,
von Zweifel angefressen, den Glauben an die Göttlichkeit
der Idee und Liebe verloren hat.

Eine tiefe Sehnsucht erfaßte ihn nach dem höchsten
Ziel des Lebens und der Kunst, aber zugleich überkam
ihn das Gefühl seiner eigenen Unzulänglichkeit und der
Nothwendigkeit eines höhern Beistands, um sich wieder
aufzuschwingen aus dem gähnenden Abgrund, der ihn
zu verschlingen drohte. Jetzt erst erkannte er die Be=
deutung des Erlösungswerkes, ahnte er das größte
Mysterium des Himmels und der Erde, das sich zu
allen Zeiten vollzieht und wiederholt, wo zwei Herzen
für einander leben und sterben, Freud und Leid, Himmel
und Hölle, Fluch und Segen, die geheimsten Gedanken,
die verborgensten Schwingungen der Seele mit einander

theilen wollen, sich gegenseitig schützen und heben, helfen
und trösten, hoch über dem andern Treiben der Welt,
wie zwei Flammen auf einem Altar, wie zwei singende
Schwäne in einer Melodie vereint, zum Himmel auf=
wärts steigen.

Mitten in dieser Sammlung und Erhebung des
Gemüths klang plötzlich wie ein wilder Hohn der Lärm
der tollen Schaar, welche sich auf ihrem Umzuge durch
die Klosterräume der bis dahin verschonten Basilika
näherte. Es war ihm unmöglich, jetzt in seiner geweih=
ten Stimmung sich dem frivolen Treiben anzuschließen,
oder im Weigerungsfalle die Neckereien der übermüthigen
Gesellen zu ertragen. Am Wenigsten wollte er der
schönen Leonore begegnen, welche ihn immer von Neuem
in den Strudel der ihm verhaßten Zerstreuungen fort=
riß. Näher und näher schallte das Gelächter und das
Toben des wilden Heeres, dem er zu entfliehen suchte.
Eine zwar schadhafte, aber noch immer zugängliche
Treppe führte aus der Basilika empor zu dem luftigen
Glockenthurm, wo er keine fernere Störung zu befürchten
hatte. In schnellem Anlauf erklomm er die schwindelnde
Höhe, um ungestört mit sich allein zu sein.

Eine unerwartete Erscheinung fesselte seinen Blick;
über das schützende Gitter gebeugt, das holde Haupt

sinnend auf den weißen Arm gestützt, sah er die stolze
Clara an die steinerne Balluftrade gelehnt. Ein Aus=
ruf der Ueberraschung entschlüpfte unwillkürlich seinen
Lippen und weckte auch sie aus ihren Träumen. Un=
willkürlich wendete sie sich nach ihm und ihre Augen
begegneten den seinigen. Nur die leise Röthe ihrer
Wangen und ein kaum merkliches Zucken der Lippen
verrieth ihre unwillkürliche Bewegung. Ruhig und kalt
erwiederte sie seinen Gruß mit einem leichten Neigen
ihres Kopfes, fern von jeder annähernden Vertraulich=
keit, als hätte sie ihn nie gekannt. Schnell ihre an=
fängliche Verlegenheit bemeisternd, wollte sie, an ihm
vorüberstreifend, sich entfernen, als er ihr durch eine
Wendung den engen Treppenpfad vertrat.

„Es scheint," sagte er in vorwurfsvollem Ton, „als
wollten Sie mich fliehen und mir ausweichen."

„Ich werde erwartet," entgegnete sie entschuldigend.
„Ein längeres Ausbleiben könnte meine Tante beun=
ruhigen."

„Seien Sie aufrichtig, mein Fräulein! Warum mei=
den Sie meine Gegenwart?"

„Was berechtigt Sie zu einer solchen Frage?"

„Die Verehrung, welche Sie mir eingeflößt, die

Achtung, die ich vor Ihrer Meinung, Ihrem Urtheil hege."

„Was kann Ihnen an meinem Urtheil gelegen sein. Unsere Bekanntschaft ist zu neu, zu flüchtig, um darauf ein besonderes Gewicht zu legen."

„So kurz auch unsere Bekanntschaft ist, so gibt sie mir doch wenigstens das Recht, die Wahrheit von Ihnen zu verlangen. Meine Ehre fordert eine Erklärung, um mich vor Ihnen zu rechtfertigen."

„Und wenn ich eben jede Erklärung vermeiden will?"

„So werde ich Sie zwingen," entgegnete er, tief verletzt von ihrem Stolz.

„Das heißt, Sie wollen meine schutzlose Lage, die Situation, in der ich mich augenblicklich Ihnen gegen= über befinde, mißbrauchen," versetzte sie mit schneidendem Hohn. „Wohlan, ich bin bereit!"

„O fürchten Sie nichts, Sie sind vollkommen frei. Ich werde Sie nicht länger belästigen; aber vergessen Sie nicht, daß dieser Augenblick über Leben und Tod, über Fluch und Segen für immer entscheidet."

Es lag eine Wahrheit in diesem Aufschrei seiner Seele, daß Clara unwillkürlich erbebte und zusammen= fuhr, um so mehr, da sie seine Drohung nur zu wört=

lich nahm. Um den engen Weg ihr frei zu lassen, war
Paul dicht an den freien Rand des Thurmes getreten,
so daß ihn nur ein Schritt von dem jähen Abgrund
trennte. Unwillkürlich streckte sie ihre Hand ihm ent=
gegen, um ihn vor dem unvermeidlichen Sturz zu be=
wahren.

„Nein, nein! Sie dürfen nicht sterben, Sie sollen
nicht untergehen."

„Engel des Himmels, Du willst mich retten?"
stammelte er leidenschaftlich, indem er ihre Hand mit
seinen glühenden Küssen bedeckte, ohne daß sie ihm zu
wehren wagte.

So standen hier Beide in trunkner Selbstvergessen=
heit, sprachlos, als fürchteten sie durch ein Wort den
wunderbaren Zauber ihrer eigenthümlichen Lage zu zer=
stören. Hoch über dem niederen Treiben der Welt
schwebten sie, zwei selige Geister, abgelöst von der Erde,
dem Himmel nah. Zu ihren Füßen lag der blaue See
still und ruhig; ein Bild des Friedens, breitete er sich
in's entzückende Thal mit seinen grünen Auen und
ruhigen Hütten aus, eingeschlossen und überragt von
den hohen Bergen, den riesigen Wächtern dieses Para=
dieses. Die untergehende Sonne erhöhte noch die
wunderbare Schönheit der Landschaft, ein goldner Licht=

5*

strom ergoß sich allerwärts und verklärte die Natur
mit überirdischem Glanz. Der alte Thurm schien in
Flammen zu stehen, die weißen Säulen der Basilika
glühten wie geschmolzenes Erz, über dem verfallenen
Hochaltar strahlte die rothe Scheibe der Sonne gleich
einer riesigen Monstranz von rosig angehauchten Wölkchen
umgeben, die wie zahllose Engelsköpfe an dem blauen
Himmel schwebten.

Es war, als ob die ganze Welt in Duft und Farbe
sich auflösen, Himmel und Erde, Feuer und Wasser,
Berg und Thal mit einander verschmelzen und in einem
seligen Kusse dahinsterben wollten.

In solchen seltenen Augenblicken kehrt auch der
Mensch wieder zur Natur zurück, unterliegt er unbewußt
dem geheimnißvollen Walten ihrer Kräfte, fühlt er sich
befreit von all' den beengenden Schranken und den
Banden der Alltäglichkeit. Das große Mysterium der
Liebe und Schönheit, welches durch die ganze Schöpfung
geht, offenbart sich auch an ihm und erfüllt ihn mit
einer nie zuvor gekannten Seligkeit und Hingebung.
Stumm mit gefalteten Händen, als betete sie, das
Herz voll Liebe und Andacht, stand Clara neben dem
Künstler auf dem einsamen Thurm, gleich einer Nacht-
wandlerin träumend auf schwindelnder Höhe.

Wie von einer plötzlichen Furcht ergriffen, schmiegte sie sich im Gefühl einer niegekannten Schwäche an den kräftigen Mann, zum ersten Mal das Bedürfniß einer Stütze empfindend. Eine unbeschreibliche Milde um= schwebte das holde, reine Angesicht, und ihr Stolz schien für immer gebrochen.

Noch immer hielt seine Hand die ihrige fest um= schlungen und seine Augen verkündigten ihr mehr, als es Worte vermögen, die höchste Verehrung und glühendste Leidenschaft, so daß sie an der Wahrheit seiner Liebe nicht länger zweifeln konnte.

So der Wirklichkeit entrückt, durchlebten Beide im flüchtigen Augenblick eine Ewigkeit, die nur zu schnell dahinschwand.

„Paul, Paul!" rief plötzlich die wohlbekannte Stimme der schönen Leonore, die den Freund bereits überall ge= sucht und nicht gefunden hatte.

„Paul, Paul!" wiederholte äffend und spottend das wilde Heer.

Bei dem ersten Ton erwachte Clara aus ihrem Traum; sie zitterte vor dem Gedanken, an der Seite des Künstlers hier gesehen zu werden, aber noch größer als ihre Furcht war ihr Abscheu vor jeder Berührung mit dieser Gesellschaft.

„Hören Sie," sagte sie mit einem Anflug früherer Bitterkeit, „Ihre Freunde rufen Sie."

„Was kümmert's mich?" fragte er, verwundert auf=fahrend.

„Sie müssen mich verlassen, gehen Sie!".

„Ich Sie verlassen?"

„Denken Sie an meinen Ruf, an meine Ehre."

„Fürchten Sie nichts! Den Ersten, der Sie nur mit einem Blick zu beleidigen wagt, erwürge ich mit meinen Händen."

„Nein, nein! Ich kann, ich darf Sie niemals wie=dersehen."

„Clara!" schrie er in wilder Verzweiflung auf.

„Wenn Sie mich lieben, so eilen Sie. Ich bitte, ich beschwöre Sie. Vergessen Sie mich auf ewig!"

„Ewig?" murmelte er mechanisch, indem er die Widerstandslose in seine Arme schloß und einen glühen=den Kuß auf ihre widerstrebenden Lippen drückte. „Leben Sie wohl, doch vergessen kann ich Sie nie!

Wie ein Trunkener schwankte er die Treppe nieder, während sie ihm mit feuchten Augen nachstarrte, bis er vor ihren Blicken in der Tiefe verschwand. Es war ihr, als ob sie einen Todten in sein Grab gesenkt hätte, als hätte sie ihn für immer verloren. Aus der Tiefe

llang zu ihr der Jubel empor, womit der wilde
Schwarm den Wiedergefundenen begrüßte. Sie glaubte
das Lachen der Hölle, das Triumphgeschrei der Dämonen
um eine verlorne Seele zu vernehmen; ein kalter
Schauer rann durch ihre Glieder und unsägliche Trauer
erfüllte ihre Seele.

V.

Vor dem Thore der großherzoglichen Residenz lag
rings umgeben von stattlichen Villen und Gärten ein
niedriges, bescheidenes Häuschen, in welchem das alte
Fräulein Martha Bergmann, eine entfernte Verwandte
des Malers Ewald, wohnte. Der etwas strengen, aber
durchaus ehrenwerthen Dame, die von einer kleinen
Rente und ihrer Hände Arbeit lebte, hatte er bei seiner
Abreise nach dem Süden seine einzige, von ihm innigst
geliebte Schwester, Antonie, anvertraut, da die Eltern
schon seit mehreren Jahren todt waren und ihm, dem
älteren Bruder, die Sorge für das verwaiste Kind
oblag.

Die kleine Antonie hatte sich während seiner Ab=
wesenheit gleichsam über Nacht zu einer reizenden Jung=
frau entwickelt, ohne daß Paul davon eine Ahnung zu
haben schien. In seiner Erinnerung sah er sie noch
immer als angehenden Backfisch mit langen, nur zu
magern Gliedern und einem zwar vielversprechenden,
aber noch unentwickelten Kindergesicht, in dem zwei
schwärmerische blaue Augen eine nur zu früh hervor=
brechende Gefühlsüberschwänglichkeit dem schärferen Beob=
achter verriethen.

Im Laufe eines einzigen Jahres war mit dem Kinde
eine wunderbare Veränderung vorgegangen. Plötzlich
begann ein Sprossen, Blühen, Keimen und Wachsen,
wie wenn der Frühling mit seinem linden, warmen
Wehen die jungen Knospen sprengt. Die eckige Gestalt
dehnte und streckte sich, eine liebliche Fülle verdrängte
die frühere Magerkeit, daß die Kleider zu kurz und die
Röckchen ihr zu eng wurden. Die schmalen, bleichen
Wangen rundeten sich gleich der schwellenden Pfirsich
im Sonnenschein, angehaucht von holder Röthe. In
Blicken und Geberden kündigte sich die erwachte Psyche
an, bald träumerisch, ahnungsvoll sinnend über das
Räthsel des Lebens, bald jubelnd und jauchzend voll
schalkhaften Muthwillens, ein Schmetterling, der sich

im goldenen Lichte labet und von Blume zu Blume
fliegt, heute betrübt, morgen lachend, und Beides ohne
Grund, wechselvoll und leicht bewegt wie die zitternde
Welle im Mondenschein.

Aus dem Backfisch war ein schönes Mädchen ge=
worden, und ihre Schönheit blieb nicht unbemerkt.
Wenn sie mit ihrer Stickerei in der Laube saß, träu=
mend über die Arbeit gebeugt, oder an der Seite des
würdigen Fräulein Bergmann in die Kirche ging, folg=
ten ihr anfänglich unbemerkt die Blicke eines jungen
Mannes, der in ihrer nächsten Nähe wohnte und be=
quem von seinem geöffneten Fenster in das kleine Gärt=
chen niederschauen konnte.

Eines Tages sah sie zufällig zu dem benachbarten
Hause empor, und ihre Augen entdeckten einen feinen
Herrn, der mit seinem Opernglase astronomische Studien
zu machen schien. Da man aber am Tage nicht Stern=
kunde zu treiben pflegt, so schloß sie mit der natürlichen
Logik eines sechzehnjährigen Mädchens, daß sie selbst
der Gegenstand seiner Himmelsstudien sein könnte.

Sie erröthete um so mehr, da er sie aus der Ferne
höflich grüßte. Um nicht unhöflich zu sein, erwiederte
sie seinen Gruß, wobei sie ein starkes Schlagen ihres

kleinen Herzens empfand, als hätte sie ein Unrecht be=
gangen.

Die Erscheinung des Fräulein Bergmann mit dem
ewig langen Strickstrumpf störte den jungen Astronomen
gleich einer plötzlich aufziehenden Wolke in seinen fer=
neren Beobachtungen, die er vorläufig auf eine günsti=
gere Zeit verschob. Das holde Kind arbeitete nur noch
eifriger als sonst an ihrer Stickerei; merkwürdiger Weise
mißrieth ihr aber heute die schöne Rose, so daß Fräu=
lein Bergmann über ihre Zerstreutheit schalt und ihr
eine ernste Strafpredigt mit verschiedenen Seitenhieben
auf die Unbefangenheit und Verdorbenheit der heutigen
Jugend hielt.

War es die Strafpredigt, die sich Antonie zu Her=
zen nahm, oder vielleicht ein anderer Grund, die Kleine
schlief eben heute gegen ihre sonstige Gewohnheit sehr
unruhig, und wurde von allerlei Träumen gequält, so
daß sie am nächsten Morgen über Kopfschmerz klagte.

Fräulein Bergmann spottete über die Verweichlichung
der jetzigen Jugend und behauptete, daß sie nie Kopf=
schmerzen gehabt, als sie selbst noch im Flügelkleide
ging. Da sie aber von Herzen so gut war, wie nur
eine alte Jungfer gegen eine junge und schöne Mit=
schwester sein kann, so gestattete sie, daß Antonie zu

Hause bleiben durfte, obgleich es ein Sonntag war, wo
sie stets die Predigt mit anhören mußte, so sehr sie
sich auch dabei langweilen mochte.

Glücklich wie ein Schüler in seinen Ferien schlüpfte
sie in den Garten, nachdem sie eine sorgfältigere Toilette als sonst gemacht hatte. Sie konnte sich heute
gar nicht von ihrem Spiegel trennen und fand noch
immer bald an ihrem Kopfputz, bald an ihrer Kleidun,
etwas auszusetzen; die Locken wollten sich nicht fügen
und die Schleife an der seidenen Krawatte nicht gelingen;
hier fehlte ein Band und dort ein Knöpfchen, obgleich
ihre Schönheit keines Schmuckes bedurfte.

Endlich war sie zufrieden mit ihrem Aussehen, sie
warf nur noch einen Blick auf das Glas und griff nach
einem Buche, leider einem verbotenen, von ihrer einzigen Freundin Rosa ihr heimlich geliehenen Roman der
„George Sand", in dem sie jetzt ungestört zu schwelgen
hoffte.

Mit dem Buche in der Hand saß sie anscheinend
vertieft in der Laube, während ihre Gedanken zerstreut
umherwanderten. Sie hatte sich fest vorgenommen,
nicht aufzublicken, am wenigsten wollte sie nach einem
gewissen Hause oder gar nach jenem Fenster sehen aber
die widerspenstigen Augen gehorchten ihr nicht mehr

und sahen unwillkürlich in die Höhe, wie von einem
Magnet angezogen.

Richtig! da stand der junge Astronom wieder und
grüßte so artig, so artig, daß sie gar nicht anders
konnte und ihn wieder grüßen mußte. Trotz der Entfernung glaubte sie sein Lächeln zu bemerken, ein feines,
überaus liebenswürdiges Lächeln, das entschieden an-
steckend war, denn auch sie lächelte unbewußt wieder.

Wahrscheinlich wollte der junge Astronom sich nur
überzeugen, ob sie seinen Gruß nicht übel genommen
hatte, denn plötzlich erschien er an dem Gartenzaun.
Sie erschrak nicht wenig, als er sie anredete, indem er
sich als ihren Nachbar förmlich vorstellte. Bald jedoch
hatte sie ihre Angst überwunden, sie wußte selbst nicht,
wie es kam, aber sie antwortete ihm, anfangs schüch-
tern und mit niedergeschlagenen Augen, dann allmälig
immer dreister.

Er bat sie um Verzeihung, daß er sie im Lesen gestört, und sprach mit ihr über Literatur so schön und
gebildet, daß sie die höchste Achtung vor seinem Geist
und seiner Bildung empfand. Das konnte doch keine
Sünde sein, wenn sie sich von einem jungen Mann
über Literatur belehren ließ, um ihre Kenntnisse zu be-
reichern.

Er selbst besaß, wie er ihr mittheilte, eine kleine, auserlesene Bibliothek, die er ihr mit der größten Be= reitwilligkeit zur Verfügung stellte. Zwar zögerte sie, sein höfliches Anerbieten anzunehmen, aber er bat so dringend, und sie las so leidenschaftlich gern, daß sie zuletzt ihm gestattete, sie mit einigen interessanten Bü= chern zu versorgen, natürlich nur heimlich, ganz heim= lich; denn das strenge Fräulein Bergmann durfte von diesem Verkehr nichts erfahren, da sie eine entschiedene Feindin aller Männer war und höchstens ihrer Schutz= befohlenen das alte Gesangbuch und die Bibel ge= stattete.

Zum Lohn forderte er nichts weiter als die Rose, die sie selbst im Garten gepflückt und an ihrem Busen trug. Durfte sie ihm eine so bescheidene Bitte abschla= gen, ohne ihn zu verletzen? Sie nahm die Rose hold erröthend und reichte sie ihm durch das Gitter, wie die schöne Thisbe ihrem Pyramus vor vielen tausend Jah= ren. Auch sie trennte der neidische Zaun, auch sie schreckte der grimmige Löwe in Gestalt des Fräulein Bergmann, welches sie zum Glück von Weitem erblickte. Voll Angst beschwor sie ihn, sich zu entfernen, aber er wollte sie nicht verlassen, bevor sie ihm versprochen, ihn wieder zu sehen.

Hätte Fräulein Bergmann ein schärferes ·Auge be-
sessen, so hätte sie vielleicht die offenbare Verlegenheit,
die glühenden Wangen und das Zittern der kleinen
Antonie bemerkt und Verdacht geschöpft. Eine Frage
wäre hinreichend gewesen, die Wahrheit zu erfahren und
das drohende Unheil abzuwenden. Aber die gute Dame
war kurzsichtig und hatte ihre Brille nicht zur Hand.
Auch lernte die Kleine bald sich beherrschen und so gut
zu verstellen, daß das Fräulein keine Ahnung von dem
nachbarlichen Verkehr hatte, der mit der Zeit immer
lebhafter wurde. Bald gelangten die versprochenen Bücher in die Hände Antoniens durch die Hülfe ihres be-
stochenen Dienstmädchens; sie verschlang die verbotenen
Früchte mit wahrer Seligkeit und sog das in ihnen
ausgestreute feine Gift mit Begierde ein. Wie konnte
auch das sechzehnjährige Kind wissen, daß der erfahrene
Nachbar mit systematischer Berechnung dabei zu Werke
ging und geschickt ihre Phantasie zu reizen, ihr Herz
zu entzünden suchte!

Bald war er der poetische Held dieser Geschichten
und sie die glückliche oder unglückliche Heldin, welche die
wunderbarsten Abenteuer erlebte, in den verführerischsten
Situationen sich befand, stets bereit, die größten Opfer
dem Geliebten zu bringen und im Nothfall für ihn zu

sterben. Nach und nach erschienen die geliehenen Bücher in Begleitung einiger Zeilen von seiner Hand, freundliche Grüße und Bestellungen, denen bald zarte Herzensergüsse in Prosa und in Versen folgten. Um Antwort wurde dringend gebeten und sie vermochte nicht zu widerstehen, obgleich sie fühlte, daß sie unrecht that.

Das Geheimniß, womit er sich zu umgeben wußte, reizte sie, ihre Unerfahrenheit verführte sie, ihre Unschuld verblendete sie vor der Gefahr und selbst die Freundschaft verrieth sie, denn ihre Freundin Rosa, die einzige Vertraute dieser Liebe, nährte und unterstützte das unerlaubte Verhältniß, statt sie davor zu warnen, theils aus Schwärmerei, theils aus angeborner Lust zur Intrigue und Heimlichkeit, indem sie sich in der Rolle des romantischen Schutzgeistes gefiel.

Diese Liebe eines halben Kindes, das kaum der Schule entwachsen war, hatte einen eignen Reiz für den schon etwas blasirten Nachbar. Hier fand er eine entzückende Naivetät, eine köstliche Frische, eine berauschende Reinheit. Nachdem er den Hautgout der Salons und des Theaters bis zum Ekel genossen, lud er sich bei der Unschuld zu Gast, wie ein Gourmand, der zur Abwechslung eine einfache Hausmannskost allen kulinarischen Hochgenüssen vorzieht und einen Trunk rei-

nen Quellwassers höher schätzt als den köstlichsten Cham=
pagner.

Dieses neue Verhältniß bot ihm Alles, was er ver=
gebens in der großen Welt gesucht hatte, eine grenzen=
lose Hingebung, eine vollkommene Uneigennützigkeit, die
seiner Eitelkeit und seinem Egoismus schmeichelte, eine
rührende Unerfahrenheit, welche die feinste Koketterie,
das höchste Raffinement beschämte.

Je blasirter Antoniens Geliebter war, um so weni=
ger vermochte er dem Zauber ihrer kindlichen Unschuld
zu widerstehen. Anfänglich hatte er nur die Absicht,
eine neue Zerstreuung für seine Langeweile bei ihr zu
suchen, mit der Kleinen zu tändeln, seine müßige Zeit
auszufüllen, sich zu amüsiren und von ihr anbeten zu
lassen. Bald aber fühlte er sich von ihren kindlichen
Reizen wunderbar gefesselt und angezogen. Er konnte
sie so wenig entbehren wie den Spiegel, in dem er sich
täglich bewunderte; zeigte sie ihm doch auch wie dieser
sein eigenes Bild, aber nur verschönert idealisirt, gleich=
sam verklärt. Ihre Seele war der Tempel, auf dem
er sich als Gottheit erblickte, ihr Herz der Altar, auf
dem für ihn der Weihrauch brannte. Seine Eitelkeit
war noch stärker als seine Sinnlichkeit und ihr bester
Schutz; er wollte nicht von dem hohen Postamente, auf

das ihn ihre Schwärmerei gestellt, herniedersteigen, nicht die reine Quelle trüben, in der er wie Narciß sich selbstgefällig bespiegelte, nicht das Heiligthum entweihen, in dem sie ihn als seine Priesterin verehrte. Er war aus Egoismus tugendhaft, aus Berechnung enthaltsam, und aus Frivolität sogar moralisch.

Sie dagegen liebte ihn mit der ganzen Glut ihres jungen Herzens, mit der Schwärmerei und Innigkeit eines sechzehnjährigen Mädchens, mit der anschmiegenden Zärtlichkeit eines unerfahrenen Kindes.

Von all' diesen Vorgängen hatte natürlich das alte Fräulein Bergmann nicht die leiseste Ahnung, sie ließ sich vollkommen täuschen, um so mehr, da sie Antonie noch immer für ein Kind hielt.

Es ging ihr dabei wie den meisten Eltern, welche das allmälige Wachsthum und die Entwickelung ihrer Angehörigen nicht sehen und überrascht sind, wenn plötzlich die Knospe sich als Blüte entfaltet.

Aus dieser Sorglosigkeit wurde jedoch die gute Dame durch einen Brief von Antoniens Bruder geweckt, der ihr mit einem Male die Augen öffnete. Paul hatte ihr seinen Verdacht wegen der unerlaubten Korrespondenz seiner Schwester; mit dem Legationssekretär mitgetheilt und sie zugleich ersucht, ein wachsames Auge auf dieselbe zu haben. Mehr beburfte es nicht, um den Eifer des alten Fräuleins anzuspornen. Wie ein losgelassener Jagdhund verfolgte sie die angegebene Spur und bald befand sie sich auf der richtigen Fährte.

Vom frühen Morgen bis zum späten Abend forschte, horchte, suchte, spionirte sie, bis sie sich in Besitz des gefährlichen Geheimnisses und der geeigneten Beweise gesetzt hatte. Das bestochene Dienstmädchen wurde in= quirirt und gestand Alles, was sie über das Verhält= niß wußte. Die romantische Rosa wurde in's Gebet genommen und verrieth ihre beste Freundin, für die sie tausendmal zu sterben geschworen hatte.

Die arme nichts ahnende Antonie sah sich von einem unsichtbaren Netz umsponnen, ihre Mienen und Blicke wurden belauscht, ihre unschuldigsten Gänge beobachtet, die geheimsten Schubfächer ihrer Kommode, worin sie ihre kostbarsten Angedenken verwahrte, geöffnet und durchstöbert, Briefe, Locken und die angetroffene Photo= graphie des Verführers mit Beschlag belegt.

Mit diesen unumstößlichen Beweisen der Schuld be= waffnet, fiel es dem strengen Fräulein nicht schwer, die unerfahrene Kleine zum Geständniß zu bringen. Unter Thränen, die wie Thautropfen die Rosen ihrer Wan=

gen benetzten, bekannte sie ihre unschuldige Liebe zu
dem Legationssekretär.

Die gute Dame ließ es natürlich nicht an den üb=
lichen Ausrufungen über die Sündhaftigkeit und Ver=
derbtheit der Jugend fehlen; sie bekreuzte sich und schlug
zu verschiedenen Malen die Hände über dem Kopfe zu=
sammen. Zugleich klärte sie das arme Kind über
den Charakter ihres Geliebten auf, nachdem sie die
nöthigen Erkundigungen eingezogen hatte, und zwar mit
einer wahrhaft schonungslosen Grausamkeit.

In den Augen der alten Dame war der Legations=
sekretär der leibhaftige Gottseibeiuns, der brüllende Löwe,
der herum ging, die unschuldigen Lämmer zu verschlin=
gen, ein unverbesserlicher Roué, ein Mädchenräuber der
ersten Sorte und nichtswürdiger Sünder.

Antonie glaubte zwar nicht den Lästerungen des er=
bitterten Fräuleins, aber Leon war fern und vermochte
sich nicht zu vertheidigen, außerdem stützte sich die An=
klage der guten Dame auf zu gute Beweismittel. Der
Zweifel an seine Unschuld, an seine Liebe erhellte plötz=
lich wie ein Blitz die Nacht ihrer Seele und weckte sie
aus ihren süßen glücklichen Träumen. Die über sie
hereinbrechende Katastrophe hatte ihren Be.stand gereift
und die Binde von ihren Augen gezogen, das Ideal

6*

zertrümmert, dem Gott seinen Nimbus und seine Glorie geraubt, alle ihre Illusionen zerstört.

Aber der Schmerz war zu groß, der Wechsel zu jäh gewesen, so daß Antonie ernstlich erkrankte. Ein körperliches Leiden gesellte sich zu ihrem geistigen Kummer und ihre überspannten und gereizten Nerven erlagen der ihnen aufgebürdeten Last. Ein Fieber mit heftigen Phantasieen verbunden, bedrohte ihr junges Leben und versetzte das gute Fräulein in keine geringe Aufregung, so daß sie ihre Zuflucht zu dem Bruder nahm, den sie in einem ausführlichen Briefe von den jüngsten Vorgängen in Kenntniß setzte.

VI.

Unterdeß befand sich Paul noch immer in Lindensee, und zwar in einer nie zuvor gekannten Spannung. Seit jener Begegnung mit Clara auf dem Thurme hatte er sie nicht wieder gesehen, da sie ihn absichtlich zu meiden schien. Um so mehr hörte er von ihr und von ihrer Umgebung.

Das müßige Badeleben begünstigt eine gewisse Me=
dijance und sucht nach Stoff für die Unterhaltung.
Eine Erscheinung wie Clara konnte der öffentlichen Auf=
merksamkeit nicht entgehen und bot den unbeschäftigten
Gästen eine willkommene Gelegenheit zur Beobachtung.
Ihre Schönheit erregte Bewunderung der Männer und
den Neid der Frauen, während ihr hervorragender Geist
ihr in der Elite der Gesellschaft eine exklusive Stellung
sicherte.

Meist erschien sie auf der Promenade und bei allen
Ausflügen in Begleitung und unter dem Schutze des
Legationssekretärs, da die Staatsräthin durch einen neuen
heftigen Nervenanfall am Ausgehen verhindert wurde
und seit einiger Zeit das Zimmer hüten mußte. Ob=
gleich bei der nahen Verwandtschaft beider dieser Um=
stand nichts Auffälliges haben konnte, so hieß es bald
allgemein, daß Leon und Clara Verlobte wären und
daß das schöne stolze Mädchen den glücklichen Legations=
sekretär ihre Hand reichen würde. Dieß Gerücht wurde
um so mehr geglaubt, da Clara in der That ihrem
Cousin gegenüber nicht ihre gewohnte spröde Zurückhal=
tung im Umgange mit Männern bewahrte. Sie schien
sogar mehr als sonst Gefallen an seinem Umgange und
den Huldigungen zu finden, welche er ihr auf den Rath

seiner Mutter darbrachte. Sein elastisches Gewissen hatte sich bald beruhigt und in dieß neue Verhältniß hineingelebt, obgleich er noch immer nicht die arme Antonie vergessen konnte, die ihn so schwärmerisch anbetete. Aber die Kleine hatte ihm schon seit einer Woche nicht geschrieben, keinen seiner Briefe beantwortet. Das verletzte seinen Egoismus, während Clara's imposante Schönheit seiner Eitelkeit schmeichelte, ihr großes Vermögen seine Habsucht reizte.

Der Gedanke, wegen seines Glückes beneidet zu werden, trug nur dazu bei, ihn mit einer derartigen Verbindung zu befreunden und für den Verlust seiner kleinen Liaison zu entschädigen. Ohnehin hatte er nie daran gedacht, aus seinem Verhältniß mit Antonie Ernst zu machen; es war ihm wider Willen über den Kopf gewachsen und hatte gleichsam sein Herz überrumpelt. Er sagte nur die Wahrheit, als er in der Unterhaltung mit seiner Mutter sich den Beruf für die Ehe absprach, aber er war ein zu guter Rechenmeister, um nicht die Vortheile einer sorgenlosen Existenz zu schätzen, wenn sie ihm aus der Hand eines schönen begehrenswerthen, durch Geist und Vermögen ausgezeichneten Mädchens geboten wurde.

Um diesen Preis war er geneigt, nicht eben seine Freiheit gänzlich aufzugeben, aber sich gewissen durch den Anstand und von der Sitte gebotenen Beschränkungen zu unterwerfen.

Clara dagegen fürchtete sich vor ihrer eigenen Leidenschaft, vor dem plötzlichen Ausbruch ihres überraschten Gefühls; sie wollte gewissermaßen die Brücke zu ihrem Herzen abbrechen, die verrätherischen Zugänge zu ihrer Seele für immer versperren und lieber mit eigener Hand den Tempel ihres Glücks anzünden und zerstören, als ihn entweiht sehen. Sie schämte sich ihrer Liebe und kämpfte darum dagegen an, sich selbst zerfleischend und verwundend. Zu schwach, ihrer Neigung zu widerstehen, zu stolz, derselben Gewalt über sich einzuräumen, gerieth sie in einen inneren Zwiespalt, aus dem sie sich unter jeder Bedingung retten mußte.

Unter diesen Verhältnissen war sie nur um so leichter zugänglich für die Bewerbungen Leon's und für die geschickt berechneten Einflüsterungen der lebensklugen Tante, indem sie in der Ehe selbst mit einem ungeliebten Manne einen sicheren Schutz für die Verirrungen ihres Herzens sah, dem Furchtsamen gleich, der aus Angst vor dem Tode sich selbst das Leben nimmt.

Die geschwätzige Fama der müßigen Badegesellschaft
war auch zu den Ohren Paul's gedrungen und erfüllte
ihn mit unaussprechlichem Schmerz und mit brennenden
Qualen der Eifersucht. Er vermochte nicht den Ge=
danken zu fassen und noch weniger zu ertragen, Clara
als die Braut eines Andern und gar dieses verhaßten
Diplomaten zu wissen, gegen den er einen instinkt=
mäßigen Widerwillen hegte. Bald schenkte er den aus=
gesprengten Gerüchten seinen vollen Glauben, bald
zweifelte er daran, schwankend zwischen Furcht und
Hoffnung, zwischen Verzweiflung und Bangigkeit. Er
wollte sich Gewißheit verschaffen, sie aufsuchen und sie
selbst befragen. Aber sie wich ihm aus, und obgleich
er sie eine Zeitlang auf allen ihren Wegen verfolgte,
so fand er sie nie allein, sondern stets in größerer
Gesellschaft, oder an der Seite des widrigen Legations=
sekretärs.

Zuweilen sah er sie auch in der Begleitung eines
alten würdigen Herrn, den er bei seinem Aufenthalte
in Rom öfters gesehen und gesprochen hatte. Es war
ein ebenso gebildeter als vermögender Kunstfreund,
Graf Bardenfels, ein eifriger Gemäldesammler und
berühmter Tourist, der sich trotz seines Alters lebhaft
für das schöne Mädchen interessirte und ihr mit einer

gewiffen ritterlichen Galanterie feine Huldigungen öffent=
lich darbrachte.

Nur ein einziges Mal erblickte fie Paul aus der Ferne,
einfam auf einer Bank der Promenade. Er wollte fich
ihr nähern und fie anreden, aber noch bevor er feinen
Vorfatz ausführen konnte, fchien fie ihn zu bemerken,
worauf fie fich mit eiligen Schritten entfernte und feinen
Blicken entfchwand.

Vielleicht hätte er fie noch erreicht, wenn ihn nicht
der alte Tenor plötzlich bei einer Biegung des Weges
aufgehalten und fich ihm angefchloffen hätte. So un=
angenehm auch Paul diefe Begegnung war, fo konnte
er fich doch nicht fchnell genug von dem närrifchen
Kauze losmachen, der wie eine Klette an feinem Arme
hing.

„Per bacco!" fagte der luftige Carlos, die Unge=
duld und den Verdruß des Künftlers bemerkend. „Ich
kenne Dich nicht wieder. Du bift wie umgewandelt und
fiehft gerade fo aus, als wenn Du eine Bouteille Effig
gefrühftückt hätteft. Sonft warft Du kein Spaßver=
derber, und jetzt lebft Du wie ein Einfiedler und fliehft
der Brüder wilde Reihen, wie Schiller fagt. Die
Franconi hat fich geftern recht über Dich beklagt."

„Was kümmert sie mich?" versetzte Paul in gleich=
gültigem Tone.

„Alle Wetter! Das darfst Du sie nicht hören lassen.
Die schöne Leonore würde rasen wie Medea, wenn sie
Jason verlassen will. Sie glaubt ohnehin, daß Du sie
vernachläßigst und einem gewissen aristokratischen Fräu=
lein auf Schritt und Tritt nachläufst, wie ein Bär dem
Honigtopf."

„Ich bitte Dich, verschone mich mit Deinen Späßen.
Du siehst, ich bin nicht aufgelegt. In solchen Dingen
verstehe ich keinen Spaß."

„Gut, so will ich mit Dir im Ernste reden," erwiederte
der Tenor mit veränderter Stimme und Haltung. „Du
weißt, daß ich Dein Freund bin, daß ich Dich liebe,
Du magst wollen oder nicht. Ich habe einmal einen
Narren an Dir gefressen und glaube wirklich, daß Du
es mir angethan hast. Ich könnte für Dich durch Feuer
und Wasser gehen. Stelle mich auf die Probe, mein
Junge, und Du wirst sehen, daß der alte Carlos trotz
alledem und alledem das Herz auf dem rechten Flecke
sitzen hat und kein Lump ist, wenn er auch nicht mehr
6000 Thaler Gage zieht und manchmal in der Klemme
bis über die Ohren steckt."

„Ich glaube Dir," entgegnete der Künstler schnell versöhnt, „und bitte Dich, mir zu verzeihen. Ich wollte Dir wirklich nicht wehe thun. Entschuldige meine Heftigkeit, aber ich bin verstimmt, mein Kopf brennt, meine Nerven sind gereizt und angegriffen."

„Brauchst mir nicht mehr zu sagen, schone Deine Lunge. Kenne das und leide auch zuweilen an den blue-devils der finstern Melancholie."

„Du und melancholisch!" lachte Paul unwillkürlich).

„O, ich bin oft bis zum Tode betrübt, wenn ich meine lustigsten Kapriolen springe. Lache nicht, mein Junge! Es gibt Augenblicke in meinem Leben, wo ich ganz verzweifelt bin und am liebsten mit dem Tode Brüderschaft trinken möchte. Wenn ich so an mein verfehltes Dasein denke, an meine Vergangenheit, da überkommt mich unwillkürlich das Gefühl der bittersten Reue. O, was bin ich für ein verwünschter Narr gewesen! Aber die Strafe ist nicht ausgeblieben, ein trauriges, verlassenes Alter, ein Bett im Spital, ein Grab an der Heerstraße oder auf dem Armenkirchhof."

„Du hast Freunde, Bekannte, die es niemals dahin kommen lassen werden," beschwichtigte Paul den unerwarteten Ausbruch dieser Selbstbekenntnisse.

„Freunde!" spottete der Alte, „so lange ich ihnen
Spaß mache und sie beluftige. Wenn ich einmal ihnen
meine wahre Gestalt zeige, meine tiefe Trauer offenbare,
so lachen sie über mich, wie Du gelacht hast. Aber
doch bist Du noch der Beste in der ganzen Kompagnie,
viel zu gut für diese Sippschaft. Frage Dich selbst,
was Du thun und sagen wirst, wenn Du hörst, das
ich gestorben bin? Ein flüchtiges Bedauern, ein mit=
leidiges Achselzucken, und morgen bin ich von Dir vergessen,
als wenn ich nie gelebt hätte."

„Das ist unser Aller Loos, nur das Genie ist un=
sterblich."

„Aber auch der unbedeutendste Mensch lebt im An=
gedenken seiner Familie; er hat ein Weib, das ihn auf
seinem Krankenbette pflegt, Kinder, die um den Todten
weinen und sein Gedächtniß ehren, sein Grab mit ihren
Thränen netzen."

„Du bereust, daß Du nicht ein Weib genommen?"
fragte Paul verwundert.

„Ich bereue meinen Unverstand, meine Thorheit.
Als ich noch jung war, lernte ich ein Mädchen kennen,
ein liebes Geschöpf, ganz geschaffen, einen Mann glück=
lich zu machen, ein Herz, treu wie Gold, eine Seele
wie Krystall. Sie war die Tochter meiner Wirthin,

einer würdigen Kaufmannswittwe, und hatte eine treff=
liche Erziehung genossen. Ich war ihr gut, von Herzen
gut und hatte die ehrlichsten Absichten von der Welt,
da sie mir trotz ihrer schwärmerischen Leidenschaft Respekt
für ihre Tugend einflößte. Arme Louise!"

Der Alte fuhr mit seiner Hand über die feuchten
Augen, um sich die Thränen zu trocknen, welche unwill=
kürlich seine Wangen benetzten.

„Ich wäre gewiß mit ihr glücklich geworden," fuhr
er fort, „wenn mich nicht mein Leichtsinn, meine Eitel=
keit verführt hätte, ihr untreu zu werden. Du glaubst
nicht, wie das Theater den ganzen Menschen demorali=
sirt! Man gewöhnt sich nicht nur auf Applaus zu
singen und zu spielen, sondern auch zu denken, zu fühlen
und selbst zu lieben. Man will um jeden Preis und
selbst auf Kosten seines Herzens und seiner Ehre Sen=
sation erregen, und benutzt selbst seine heiligsten Empfin=
dungen zur Reklame. Ich habe einen Schauspieler
gekannt, der mit dem Tode seiner Frau Parade machte
und seinen wirklichen Schmerz als Reklame brauchte.
Aehnlich ging es mir; meine bescheidene Liebe genügte
mir nicht auf die Länge der Zeit, ich wollte glänzen,
Aufsehen erregen und knüpfte ein Verhältniß mit einer
vornehmen Dame aus den aristokratischen Kreisen an.

Ihr Mann kam dahinter, es gab einen furchtbaren Standal, ich mußte die Residenz und mein glänzendes Engagement verlassen, während die schlaue Dame sich geschickt aus der Affaire zu ziehen wußte, indem sie mich aufopferte und schmählich fallen ließ. Die arme Louise überlebte nicht meinen Verrath, sie starb, wie die Leute sagen, an der Schwindsucht, oder wie ich es besser weiß, am gebrochenen Herzen. Seitdem kam ich nicht mehr auf einen grünen Zweig, nichts wollte mir glücken, und ich ergab mich dem lüderlichen Leben, um die Vor= würfe meines Gewissens zu betäuben."

"Armer Carlos!" sagte Paul ergriffen. "Du hast schwer gebüßt."

"Ich habe Dir nur meine Geschichte erzählen wollen," fügte der Alte hinzu, "um Dich zu warnen. O die Frauen, und vor Allen diese Frauen der Aristokratie mit ihren weißen Händen und ihrem schwarzen Herzen, mit ihrer eisernen Stirne und ihren weichen verrätherischen Lippen! Hüte Dich, mein Junge, vor ihren Küssen, die wie höllisches Feuer brennen! Es sind Vampyre, die unser bestes Herzblut schlürfen, und wenn wir zu ihren Füßen sterben, laut lachend einem anderen Liebhaber in die Arme sinken."

Unter diesen Gesprächen war der Künstler mit seinem
Begleiter bis an dessen Wohnung gelangt, Paul forderte
ihn auf, einzutreten, obgleich er sonst diese Gesellschaft
nicht gerade suchte. Aber der Alte dauerte ihn heute
und er empfand mit ihm ein tiefes Mitleid, nachdem
er seine Geschichte vernommen und dadurch eine weit
bessere Meinung von dessen Charakter und Herz gewon=
nen hatte.

Carlos ließ sich nicht bitten und trat in das Zimmer
des Malers, wo verschiedene Zeichnungen und unvoll=
endete Skizzen seine Aufmerksamkeit erregten. Auf einer
Staffelei stand ein angefangenes Oelbild, welches „eine
Iphigenie in dem Tempel der Diana" vorstellte und
offenbar das Gegenstück zu der Cleopatra des Künstlers
bilden sollte. An dem Altar des Heiligthums erblickte
man die Gott geweihte Priesterin, zu ihren Füßen kniete
von den Furien verfolgte Orest. Es war die Szene,
Iphigenie ihren zum Opfer bestimmten Bruder er=
kannt hat und von Schreck und Freude überwältigt das
Messer fallen läßt und ihm ihre Arme entgegenbreitet.
Eine unbeschreibliche Hoheit und Würde umgab die
klassisch schöne Gestalt, während heiliger Friede und
Versöhnung aus dem bewegten Antlitz strahlte, das eine

nicht zu verkennende Aehnlichkeit mit Clara's Zügen trug.

Ueber dem ganzen Gemälde und besonders über der Figur der Iphigenie war eine überirdische Verklärung ausgegossen, ein keuscher Zauber, der um so schärfer mit der üppigen Lust seiner Cleopatra kontrastirte.

Selbst der Alte schien davon ergriffen und näherte sich bewundernd der Staffelei.

„Brav, mein Junge!" sagte er entzückt. „Das ist ein bedeutender Fortschritt. Diese heilige Jungfrau von Tauris wird Deine schöne Sünderin vom Nil aus= stechen. Ich wußte nicht, daß es auch heidnische Ma= donnen gibt."

Sichtlich fühlte Paul sich unangenehm berührt, denn statt dem Alten zu antworten, nahm er das Bild von der Staffelei und entzog es schnell den Blicken, indem er es, mit der Malerei gegen die Wand gelehnt in eine dunkle Ecke des Zimmers stellte.

„Ich lasse nicht gern," fügte er gleichsam entschuldi= gend hinzu, „selbst nicht meinen besten Freund, eine unvollendete Arbeit sehen. Auch wirst Du mir einen Gefallen thun, wenn Du vor keinem Menschen das Bild erwähnst."

„Capisco, ich verstehe!" versetzte Carlos, mit den Augen blinzelnd. „Stumm, wie das Grab."

Die eingetretene Pause wurde durch das Erscheinen der Hauswirthin unterbrochen, welche dem Maler die in seiner Abwesenheit von dem Postboten überbrachten Briefe einhändigte, worauf sie sich bald wieder entfernte. Während Paul die Siegel erbrach und den Inhalt durchflog, nachdem er sich zuvor entschuldigt hatte, ließ sich Carlos behaglich in einen weichen Großvaterstuhl nieder und steckte sich eine von den trefflichen Cigarren seines Freundes an, den lang entbehrten Genuß einer ausgezeichneten Havanna mit sybaritischer Wonne schlürfend und die blauen Rauchwolken zu zierlichen Kreisen und Ringen gestaltend. Von Zeit zu Zeit warf er einen Blick auf Paul, der sich ganz in das Lesen seiner Briefe vertieft und darüber die Gegenwart seines Gastes vergessen zu haben schien. Plötzlich verfinsterte sich das Gesicht des Malers, seine Fäuste ballten sich und ein lauter Fluch entschlüpfte seinen Lippen, so daß der Alte erschrocken von seinem Stuhle auffuhr.

Un'er den an Paul gerichteten Briefen befand sich auch das Schreiben des Fräuleins Martha Bergmann, worin diese über das Verhältniß seiner Schwester mit dem Legationssekretär ebenso ausführlich als streng be

richtete. In ihrer sittlichen Entrüstung hatte die alte
Jungfer die Farben nur zu stark aufgetragen und Alles
so schwarz als irgend möglich gemalt. Antonie war
für sie eine Verlorene, Leon ein verruchter Verführer,
ein nichtswürdiger Bube, der die Unschuld eines Kindes
in schändlichster Weise gemißbraucht und die Kleine
durch seine höllischen Künste umstrickt hatte. Um sich
selbst und ihre Sorglosigkeit zu entschuldigen, häufte
die gute Dame alle erdenklichen Vorwürfe auf das
Haupt des gewissenlosen Diplomaten, der in ihren
Augen ein moralisches oder vielmehr unmoralisches Ungeheuer, ein schwarzer Geist der Hölle war. Zum
Beweise seiner Verschlagenheit und List, womit er selbst
ihren Argusblick getäuscht, alle Wachsamkeit für das ihr
anvertraute Kind hintergangen, legte sie seine ganze
Korrespondenz mit Antonie und das photographische
Porträt des schwarzen Verräthers bei.

Mehr bedurfte es nicht, um Paul's Widerwillen
gegen den Legationssekretär zum glühendsten Haß zu
steigern. Der glückliche Nebenbuhler war zugleich der
Verführer seiner geliebten Schwester, eines unschuldigen,
durch ihn verlornen Kindes. Er mußte ihn zur Rechenschaft ziehen, seine Ehre, die beleidigte Ehre seiner
Schwester an ihm zu rächen. So mild, um nicht zu

sagen leichtsinnig, der Künstler auch früher über derartige Verirrungen gedacht und ähnliche Verhältnisse beurtheilt hatte, so streng und unnachsichtlich nahm er diesen Fall, der ihn nur zu nahe berührte.

Die Heiligkeit der Unschuld, die Sittlichkeit der Familie erschien ihm mit einem Male in einem andern Licht, seine eigene Anschauung darüber hatte eine plötzliche Umwandlung erfahren, seitdem er selbst in seinen verwandtschaftlichen Gefühlen verletzt war. Er dachte an den Gram seines Vaters, an den Schmerz seiner Mutter über die Schmach der armen Tochter, an all' den Jammer seiner Eltern, wenn sie eine derartige Schande erlebt hätten. Jetzt versetzte er sich an ihre Stelle und sein Herz empfand die ihnen zugedachten Qualen, alle Schmerzen, alle Beleidigungen seiner geliebten Todten.

Vor seinen Augen schwebte noch immer die kleine Antonie in den holden Reizen ihrer kindlichen Unschuld, unberührt von dem giftigen Hauche der Verführung, ausgestattet mit dem ganzen Zauber jugendlicher Reinheit und Naivetät. Ein blasirter Wüstling hatte das liebliche Bild für immer entweiht, es mit frecher Hand besudelt. Durfte Paul das dulden und ungestraft lassen? War er nicht der natürliche Beschützer seiner

betrogenen Schwester und verpflichtet, ihre Schmach zu
rächen, ihre Ehre wieder herzustellen?

Voll von diesem Vorsatze sprang er jetzt auf, um
Leon aufzusuchen und Rechenschaft von ihm zu fordern.
In seiner Aufregung hatte er nicht an Carlos gedacht,
dem das seltsame Wesen und die tiefe Bewegung des
Freundes längst aufgefallen war.

„Du scheinst eben nicht die angenehmsten Nachrichten
von Hause erhalten zu haben?" sagte der Alte theil-
nehmend.

„Ah! Du bist noch hier?" versetzte Paul, tief auf-
athmend. „Verzeihe, aber ich muß fort, auf der Stelle
fort."

„Kann ich Dich nicht begleiten? Du siehst so ver-
stört aus, daß ich Dich nicht gern allein gehen lassen
möchte. Dein Anblick flößt mir Furcht und Besorgniß
ein. Sage mir um des Himmels willen, was Dir
passirt ist?"

Einen Augenblick schwankte der Maler, ob er dem
Alten sein Geheimniß anvertrauen solle; aber das
heutige Gespräch hatte ihm eine bessere Meinung von
dem lustigen Gesellen beigebracht und unter der Maske
des Spaßmachers den edleren Kern und den tieferen
Gehalt einer ursprünglich reich begabten Natur ent-

decken lassen. Paul fühlte das Bedürfniß der Mittheilung, sein Herz war zu voll, er wollte den Rath,
die Ansicht eines erfahrenen Mannes hören. Er brauchte
einen Beistand, der Augenblick drängte und kein anderer
Freund war in seiner Nähe.

„Ich halte Dich für einen Ehrenmann," sagte der
Maler nach einiger Ueberlegung. „Du wirst auch
schweigen können?"

„Wie das Grab."

„Gut! So nimm diese Briefe und lies. Ich
vertraue Dir meine Ehre, die Ehre meiner geliebten
Schwester an."

Während der Alte bedächtig die Briefe und vor
Allem das Schreiben des alten Fräuleins studirte, ging
Paul mit heftigen Schritten im Zimmer auf und
nieder.

„Nun, was würdest Du an meiner Stelle thun?"
fragte er ungeduldig.

„Eine Erklärung von dem Schurken fordern, und
wenn er sich weigert, die Ehre Deiner Schwester herzustellen, die Canaille wie einen tollen Hund nieder-
schießen."

„Das ist auch meine Absicht."

„Du wirſt einen Zeugen bei dieſem Rencontre brau=
chen, ſoll ich Dich begleiten?"

„Ich fürchte, Dich in unangenehme Verwickelungen
zu bringen."

„Keine Umſtände. Ich bin Dein Freund und will
es Dir beweiſen," verſetzte der Alte mit ungewohntem
Ernſt und einer Würde, die ihm Paul nicht zugetraut
hatte.

———

VII.

Auf die Meldung, daß zwei Herren ihn zu ſprechen
wünſchten, verließ Leon das Zimmer ſeiner Mutter, um
ſich in das anſtoßende Kabinet zu begeben. Er war
nicht wenig überraſcht, daſelbſt den Künſtler mit ſeinem
Begleiter anzutreffen. Die gemeſſene Haltung der bei=
den Freunde flößte ihm ein gewiſſes Mißtrauen ein;
inſtinktmäßig ahnte er, daß ihr Beſuch eine ernſte Be=
deutung habe.

„Was verſchafft mir die Ehre?" fragte er den ihm
bekannten Maler, indem er ihm einen Stuhl anbot.

„Unſer Geſchäft kann ſtehend abgemacht werden," entgegnete Paul ablehnend.

„Ganz nach Ihrem Belieben. Haben Sie nur die Güte, mich mit dem Zwecke Ihres Kommens bekannt zu machen."

„Vor Allem erlauben Sie mir die Frage, ob Sie, Herr Legationsſekretär, meine Schweſter Antonie Ewald kennen?"

Der Diplomat verfärbte ſich und zögerte, ſogleich die gewünſchte Antwort zu geben, indem er ſichtlich nach Faſſung rang.

„Allerdings," ſtammelte er verlegen, „ich habe die Ehre, Ihre Fräulein Schweſter zu kennen."

„Und Sie haben die Unerfahrenheit, die Unſchuld dieſes Kindes benutzt, um mit ihr ein unerlaubtes Ver= hältniß anzuknüpfen."

„Mein Herr!"

„Heimlich, hinter dem Rücken ihrer Beſchützerin haben Sie ſich in meiner Abweſenheit bei meiner Schwe= ſter eingeſchlichen, das Herz eines ſechzehnjährigen Mäd= chens bethört, ihr Vertrauen in der ſchändlichſten Weiſe gemißbraucht."

„Genug! Ich habe Ihre Beleidigung ſchon zu lange mit angehört."

„Wollen Sie läugnen? Ich habe die Beweise Ihrer
Schuld in meinen Händen, Ihre Briefe, Geschenke und
Ihr eigenes Bild. Sehen Sie selbst.“

Leon warf einen ängstlichen Blick auf die verräthe=
rischen Schriftzüge und wischte sich den Schweiß von
der gerötheten Stirn. Er sah sich entlarvt, und jede
Ausflucht war ihm abgeschnitten; es blieb ihm nach
seiner Ansicht nichts übrig, als den Versuch zu machen,
seinem Gegner durch Unverschämtheit zu imponiren, ihn
durch Frechheit einzuschüchtern.

„Wie es scheint,“ sagte er nach einer Pause, „sind
Sie gekommen, um eine Erklärung von mir zu fordern?“

„Ihr Scharfsinn hat Sie nicht getäuscht,“ versetzte
Paul mit bitterer Ironie.

„Dazu bedarf es keines Zeugen. Die Gegenwart
jenes Herrn, den ich nicht einmal die Ehre habe zu
kennen, erscheint mir überflüssig.“

„Dieser Herr ist mein Freund, Herr Sänger Wal=
ter, und ein Ehrenmann, dessen Diskretion ich ver=
trauen darf. Er ist von Allem unterrichtet.“

Während Leon sich bei dieser Vorstellung leicht ver=
neigte und den Alten mit seiner Lorgnette musterte, be=
mühte sich Carlos, eine möglichst würdige Miene und

Position anzunehmen, indem er Stirn und Augenbrauen
hochzog und den rechten Fuß martialisch vorstreckte.

„Wohlan, ich bin bereit, den Herren Rede zu stehen,
obgleich ich an Ihrer Stelle nicht ein solches Aufsehen
von dieser Kinderei gemacht hätte."

„Eine Kinderei!" brauste Paul auf. „Nennen Sie
es eine Kinderei, ein unschuldiges Mädchen zu bethören,
eine ehrenhafte Familie zu beleidigen?"

„Ich wußte nicht, daß Sie so strenge Grundsätze
haben!" entgegnete Leon mit kaltem, spöttischem Lächeln.
„Solch' erfahrene Lebemänner, wie Sie und Ihr ehren=
werther Freund, werden am Besten wissen, was sie von
einer solchen kleinen, unschuldigen Liaison zu halten
haben, und dieselbe Schonung einem Dritten schenken,
die sie für sich selbst in Anspruch nehmen."

Der Künstler fühlte nur zu gut den heimlichen Vor=
wurf und hielt nur noch mit Mühe an sich, während
Carlos etwas wie „Unverschämter" in den Bart mur=
melte und drohend seine Hand erhob, so daß der Di=
plomat sich heimlich seinem Schreibtisch näherte, wo er
seine Waffen wußte, ohne die er nie zu reisen pflegte.
Er wollte sich für alle Fälle sichern, da ihm die zwei=
deutige Haltung des Alten mehr als verdächtig schien.

„Kommen wir zur Sache!" sagte Paul, seinen Zorn gewaltsam niederkämpfend. „Meine Grundsätze haben damit nichts zu thun und ich nicht nöthig, mich vor Ihnen deßhalb zu verantworten. Nicht ich, sondern Sie, Herr Legationssekretair, sollen sich rechtfertigen. Ich habe in meinem Leben vielleicht manche Thorheit begangen, aber niemals eine Niederträchtigkeit, deren ich mich zu schämen hätte."

„Ich bitte Sie, sich zu mäßigen und Ihre Aus= drücke zu wählen, da ich an diese Sprache nicht gewöhnt bin und auf solchem Fuße nicht länger mit Ihnen un= terhandeln kann und will."

„Es ist nur die Sprache der Wahrheit," entgegnete Paul mit steigender Entrüstung. „Der Dieb, welcher in meine Wohnung einbricht und aus Noth ein Brod stiehlt, der Mörder, der aus Leidenschaft, Haß, Wuth oder Begierde einen Menschen tödtet, ist nicht strafbarer als der Verführer, der in das Heiligthum der Familie schleicht, das Vertrauen täuscht, die Unerfahrenheit be= rückt, die Unschuld mit kaltem Blute tödtet, dem Him= mel eine reine Seele stiehlt und der hingebenden Liebe eines Kindes mit Schmach, Schande und Verzweiflung lohnt."

„Sie sind im Vortheil und benützen ihn. Sagen Sie einfach, was Sie von mir verlangen."

„Nichts weiter, als daß Sie die Ehre meiner Schwe= ster wieder herstellen."

„Das heißt mit dürren Worten: ich soll Ihre Schwe= ster heirathen. Eine wunderbare Zumuthung!"

„Ich würde mit Vergnügen auf diese Ehre verzich= ten, wenn Sie mir einen andern Ausweg zeigen wollen."

„Sie vergessen meinen Rang, meinen Stand, meine Ansprüche. Auch bin ich nicht ganz unabhängig; meine Mutter wird nie ihre Einwilligung zu einer derartigen Verbindung geben, um so weniger, da ich bereits durch ein ernsteres Verhältniß mich gebunden halte. Sie sehen, daß ich außer Stand bin, Ihre Wünsche zu er= füllen, selbst wenn ich Ihnen das Recht einräumen wollte, für meine vorübergehende Liebschaft, wie sie tausendmal bei jungen Leuten vorkommt, eine solche Sühne zu verlangen, die in keinem Verhältniß zu mei= nem Vergehen stehen würde, wenn von einem solchen überhaupt die Rede sein kann."

„Leider kann ich Ihre Gründe nicht gelten lassen," versetzte Paul, noch immer sich selbst bezwingend. „Ihr Rang, Ihr Stand und Ihre Ansprüche dürfen Sie

nicht abhalten, ein begangenes Unrecht wieder gut zu
machen. Meine Familie ist zwar nicht von Adel, aber
sie besitzt die wahre Ehre, die höher steht als alle Ihre
alten Stammbäume und vermoderten Wappenschilder.
Das Vorurtheil der Geburt ist eine Lächerlichkeit in un=
serer Zeit, wo das Verdienst sich selbst adelt. Mein
Name und meine Stellung wird Ihnen, wie ich hoffen
darf, nicht unbekannt sein, sie geben mir ein Anrecht
auf die Achtung der Welt. Meiner armen Schwester
können Sie keinen anderen Vorwurf machen, als daß
sie thöricht genug war, Ihren Worten Gehör zu schen=
ken und Sie zu lieben. Aber sie ist nur noch ein Kind,
ein unerfahrenes Kind, Sie dagegen ein Mann, der die
Folgen seiner Handlungen kennen und auch tragen muß.
Sie dürfen daher auch, so sehr dieß Ihre Mutter wün=
schen mag, keine neue Verbindung eingehen, da Sie
durch frühere Verpflichtungen gebunden sind. Sie wür=
den nur einen doppelten Verrath begehen und statt
eines Herzens zwei brechen, woran ich Sie, soweit dieß
in meiner Macht steht, hindern werde."

„Man stirbt nicht gleich am gebrochenen Herzen.
Auch Ihre Schwester wird sich in ihr Schicksal finden,
wie dieß tausend Mädchen schon gethan haben."

„Meinen Sie wirklich? Vorläufig ist Antonie krank, lebensgefährlich krank, wie mir ihre Beschützerin meldet. Wenn sie sterben sollte, so sind Sie ihr Mörder."

„Das habe ich nicht gewußt," stammelte Leon über= rascht. „Ich bedaure diesen Zufall, aber was kann, was soll ich thun?"

„Fragen Sie Ihr Gewissen, Ihr Herz, Ihre Ehre, und Sie werden die einzig richtige Antwort finden," versetzte Paul, der aus Rücksicht auf seine Schwester bisher eine große Mäßigung gezeigt hatte.

Leon schien in der That von der unerwarteten Nach= richt betroffen und, soweit dieß sein Egoismus zuließ, ergriffen zu sein. Er empfand ein gewisses Mitleiden mit dem holden Kinde, und seine Sentimentalität brachte es bis zu einer vorübergehenden Rührung. Aber bald gewann sein kalter, berechnender Verstand, seine Bla= sirtheit und die Rücksicht auf seine Mutter wieder das Uebergewicht über die bessern Regungen seines Herzens. In der Krankheit Antoniens sah er nur ein zufälliges Ereigniß, welches sein Gegner schlau zum eigenen Vor= theil und nach seiner Meinung als eine willkommene Waffe gegen ihn auszubeuten suchte. Gewohnt, an Menschen und Verhältnisse nur den subjektiven Maßstab seiner eigenen Gesinnung anzulegen, glaubte er, daß

Paul seine Bruderliebe nur zum Vorwande nehme, um zugleich für sich und seine Schwester den möglichsten Vortheil aus der vorhandenen Situation zu ziehen, um mit einem Schlage Antonie zu versorgen und sich von einem Nebenbuhler zu befreien. Und zu dieser lächer= lichen Rolle sollte sich ein Diplomat, wie Leon, hergeben? Nimmermehr! Lieber wollte er es auf das Aeußerste ankommen lassen, obgleich er unter den gegenwärtigen Verhältnissen einen öffentlichen Skandal gerne vermie= den hätte.

„Ich bin gern bereit," sagte er mit erheuchelter Zu= vorkommenheit, „ein Opfer zu bringen. Vielleicht läßt sich ein Arrangement treffen, das, wie ich glaube, in unserem beiderseitigen Interesse liegt. Weder Sie noch ich können es wünschen, daß eine so zarte Angelegenheit an die Oeffentlichkeit gelangt. Ich will Alles dazu beitragen, eine friedliche Ausgleichung herbeizuführen, und biete meine Hand zur Versöhnung."

„Um so besser," versetzte Paul, getäuscht von einer solch' unerwarteten Nachgiebigkeit. „Ich habe ebenfalls keinen andern Wunsch, als diese unangenehme Differenz friedlich beigelegt zu sehen, schon wegen meiner armen Schwester und um meiner Ehre willen."

„Wie ich bereits Ihnen gesagt, besitze ich selbst kein Vermögen.“

„Das dürfte kein Hinderniß sein. Antonie ist so einfach erzogen, so anspruchslos —“

„Ich kenne sie, ein wahrer Schatz, der einen Mann sicher glücklich machen wird, ein herrliches Gemüth, eine entzückende Naivetät. Ach! Sie wissen nicht, wie sehr ich die reizende Kleine noch immer liebe!“

Es lag eine Wahrheit in dem Tone Leon's, eine wirkliche Gefühlsinnigkeit, die leider nur zu schnell wieder vorüberflog, so daß Paul mit seinem warmen Künstlerherzen sich nur zu leicht irren ließ und nur zu bereit war, seinem Gegner zu verzeihen und dessen Vergehen in einem milderen Lichte zu betrachten. Um so grausamer war seine Enttäuschung, um so größer seine Wuth, als der gewandte Diplomat, die persönliche Stimmung des Künstlers benutzend, nach und nach seine eigentliche Absicht enthüllte.

„Meine Mutter,“ fuhr er in seinem falschen Wahn beruhigt fort, „wird, wie ich hoffe, keinen Anstand nehmen, für Antonie zu thun, was in ihren Kräften steht und für die Zukunft der Kleinen Sorge tragen. Wenn meine Cousine Clara sich früher oder später verheirathen sollte, wozu die beste Aussicht vorhanden ist, so wird meine Mutter eine Gesellschafterin engagiren müssen, da sie doch bei ihrer Kränklichkeit unmöglich allein bleiben kann. Für einen solchen Posten dürfte sich Antonie ganz besonders eignen, und ich zweifle nicht, daß meine Empfehlungen und gewisse Rücksichten meine gute Mutter bestimmen werden —"

„Schurke, niederträchtiger Schurke!" schrie Paul, den wahren Sinn seiner Rede erst jetzt erfassend und ihn voll Entrüstung unterbrechend.

„In der That ein ausgemachter Schurke, ein Lump in Folio!" bekräftigte der Alte.

„Das ist zu viel!" stammelte Leon. „Ich muß die Herren bitten, meine Wohnung zu verlassen."

„Nicht, bevor ich die Genugthuung für die beleidigte Ehre meiner Schwester erhalten habe."

„Sie verlangen doch nicht im Ernst, daß ich mich wegen einer solchen Lumperei mit Ihnen schlagen soll?"

„Wenn Sie sich weigern, so werde ich Sie zu zwingen wissen!" versetzte Paul mit vor Wuth zitternder Stimme, indem er auf ihn zuschritt.

„Ah, Sie drohen mir, Sie wollen Gewalt gegen mich brauchen. Für diesen Fall bin ich vorgesehen."

In demselben Augenblicke hatte Leon ein auf dem Schreibtisch liegendes Terzerol ergriffen und den Hahn gespannt. Aber mit Blitzesschnelligkeit stürzte sich der Alte zwischen ihn und Paul, in der Absicht, ihm die gefährliche Waffe zu entreißen. Während des Ringens ging der Schuß los, Carlos taumelte und sank blutend auf die Erde nieder. Zugleich sprang Paul in wilder Raserei auf den vermeintlichen Mörder los und faßte ihn mit Riesenkraft.

„Zu Hülfe! Mörder!" stöhnte Leon unter dem ehernen Griffe des ergrimmten Malers.

Der Schuß und der laute Lärm hatte die bei der Staatsräthin befindliche Gesellschaft ihrer Badbekannten, darunter Graf Bardenfels, Clara's Retter und Beschützer, in ihrer Unterhaltung unterbrochen und erschreckt. Die Herren stürzten in das benachbarte Zimmer, wo sie noch zur rechten Zeit ankamen, um den Legationssekretär aus den Händen seines wüthenden Gegners zu befreien.

Die allgemeine Verwirrung erreichte ihren höchsten Grad, als die Staatsräthin in Begleitung der anwesenden Damen erschien, um sich nach der Ursache des Tumults zu erkundigen. Bei ihrem Eintritt richtete sich der verwundete Carlos hoch empor und starrte sie mit weit geöffneten Augen wie eine plötzliche Geister-erscheinung an.

„Leocadie!" rief der Alte unwillkürlich, von seinen Erinnerungen hingerissen. „O ewige Vergeltung!"

Seine Worte machten einen unbeschreiblichen Ein= druck auf die Anwesenden und besonders auf die Staats= räthin; sie kannte nur zu gut die Stimme des einst so gefeierten und geliebten Tenors. Leichenbläße bedeckte ihr Gesicht, ihre Glieder zitterten und mit einem hyste= rischen Gelächter sank sie in die Arme ihres Sohnes, den eine schreckliche Ahnung durchzuckte.

Während dieses überraschenden Zwischenfalls blieb Paul wie gelähmt, als hätte er den Gebrauch seiner Glieder verloren. Wie durch einen Schleier sah er gleichsam im Traume die hohe Gestalt Clara's, welche allein in der allgemeinen Verwirrung ihre Ruhe behaup= tete und einer Göttin gleich dem Sturm und den auf= geregten Wogen zu gebieten schien. Sie ordnete das Nöthige an, um die Staatsräthin zu Bette zu bringen und die überflüssige Gesellschaft zu entfernen, wobei ihr Graf Barbenfels mit seinem Takt behülflich war. Ihm, dem bewährten Freunde, vertraute sie die Sorge um den verwundeten Sänger, die dringend gebotene Ret= tung des Malers, der, betäubt von den Folgen seines Angriffes, keines Entschlusses fähig war.

Vergebens erwartete Paul ein Zeichen von Clara, ein Wort, einen Blick der Theilnahme. Er wagte nicht, sie anzusprechen, und doch hätte er sein Leben freudig hingeopfert, um sich vor ihr zu rechtfertigen. Nur im Fortgehen glaubte er seinen Namen zu hören, als sie leise mit dem Grafen flüsterte. Dieser näherte sich jetzt dem betäubten Künstler, indem er ihn aufforderte, ihm sogleich zu folgen. Ueber eine Hintertreppe gelangte er unbemerkt in's Freie, ohne daß Jemand versuchte, ihn zurückzuhalten. Erst als sie vor der Thür standen, unterbrach der Graf sein Stillschweigen.

„Fliehen Sie," sagte er dringend, „Sie dürfen hier nicht länger weilen!"

„Wer will mich hindern?" fragte Paul, aus seinem düstern Brüten aufgeweckt.

„Ihre Sicherheit ist bedroht, wenn Sie zögern. Sie haben ein Mitglied der Gesandtschaft in seiner eigenen Wohnung überfallen und thätlich beleidigt. Der Vorfall kann nicht verschwiegen bleiben. Die betreffende Regierung wird davon Notiz nehmen, Ihre Bestrafung fordern und das Gericht muß gegen Sie einschreiten, Sie verhaften und eine Untersuchung einleiten, die Ihre Freiheit ernstlich bedrohen dürfte."

„Nicht ich, sondern meine Gegner haben die Unter=
suchung zu scheuen. Ich kann meine Handlungsweise
jeder Zeit verantworten."

„Dennoch haben Sie mehr zu verlieren, als Herr
von Ziegler, der durch seinen diplomatischen Charakter
vor jeder Verfolgung geschützt ist. Vielleicht gelingt es
mir, da ich einigen Einfluß bei Hofe habe, die fatale
Angelegenheit beizulegen, aber dazu ist vor Allem Ihre
Abwesenheit nöthig. Sind Sie erst einmal in den
Händen des Gerichts, so wird es unmöglich sein, Sie
zu befreien. Folgen Sie daher meinem Rath und zwar
auf der Stelle, da Sie keine Zeit zu verlieren haben."

„Wie, ich sollte fliehen, die mir angethane Schmach
ungerochen lassen? Man wird mich für einen Feigling
halten, ich selbst müßte mich verachten. Nimmermehr!"

„Ich kenne nicht die Gründe Ihres Rencontre mit
Herrn von Ziegler und will mich nicht in Ihr Ver=
trauen drängen, aber glauben Sie mir, der junge
Mann ist hinlänglich gedemüthigt und bestraft, mehr als
Sie ahnen können. Ueberlassen Sie es mir, Ihnen
die gewünschte Satisfaktion zu verschaffen; ich verbürge
mich mit meiner Ehre dafür, daß Sie Genugthuung
erhalten sollen."

Die ganze Erscheinung des Grafen, das silberweiße
Haar, die altedeln, würdigen Züge flößten Paul ein
unbedingtes Vertrauen ein, dennoch zögerte er, seinen
Vorschlag ohne Weiteres anzunehmen.

„Ich weiß nicht," sagte er, „womit ich diese Theil=
nahme, Ihr Interesse mir erworben habe."

„O, Sie vergessen, daß wir eigentlich schon alte
Bekannte sind, daß ich mich bereits in Rom lebhaft für
Ihr Talent interessirt habe. Sie sind Künstler und
ich Kunstfreund, um so lieber biete ich Ihnen meine
Hand."

„Und doch muß ich Anstand nehmen, von Ihrer
Güte Gebrauch zu machen. Wichtige Gründe bestimmen
mich, in Lindensee zu bleiben und den Ausgang dieser
Angelegenheit ruhig abzuwarten."

„Sie zwingen mich, indiskret zu sein," versetzte der
Graf. „Nicht ich allein, sondern eine Dame, die meine
ganze Achtung besitzt, wünscht, daß ich Sie retten, vor
einem unwürdigen Geschick Sie bewahren soll. Der
Name thut hier nichts zur Sache. Genug, daß ich
mich für Ihre Sicherheit verbürgt habe! Meine Equi=
page steht bereit, in drei Stunden können wir bequem
die Grenze erreichen, wo Sie außer aller Gefahr sind.
Ich selbst werde Sie begleiten, um Ihre Verfolger

irre zu führen, da Sie schwerlich Jemand in meiner
Gesellschaft und in meinem Wagen suchen wird."

„Das ist zu viel. Ich kann unmöglich einen solchen
Dienst von Ihnen annehmen, Herr Graf!"

„Still!" versetzte der liebenswürdige Edelmann.
„Wir müssen unserem Schutzgeist gehorchen. Ce que
Dame veut, Dieu veut!"

VIII.

Wenige Stunden später verließ Paul an der Seite
des Grafen den verhängnißvollen Badeort und seine
Bewohner mit weit schwererem Herzen, als er ihn be=
treten hatte. So kurz auch die Fahrt dauerte, so ge=
nügte sie, ihn mit Achtung und Verehrung für seinen
würdigen Reisegefährten zu erfüllen.

Der Graf besaß eine seltene Bildung, den feinsten
Geschmack und eine nicht bloß anerzogene, sondern an=
geborene Liebenswürdigkeit des Herzens, so daß die
vollendete Form dem edlen Innern seiner wahrhaft
vornehmen Natur entsprach. Er war in der That ein
echter Edelmann, einer jener seltenen Aristokraten, welche

mit dem Vortheil der Geburt und eines großen, unab=
hängigen Vermögens alle Vorzüge des Geistes und
einer von keiner Beschränkung, keinem Vorurtheil be=
engten Lebensanschauung verbindet. Im Stillen ver=
glich ihn Paul mit dem Bilde eines hellen Wintertages,
klar wie der blaue, wolkenlose Himmel, frisch wie die
kalte, nervenstärkende Luft, und rein wie der weiße
Schnee, der die grüne Frühlingssaat schonend bedeckt.

Einem solchen Mann vertraute der Künstler ohne
Anstand sein Geheimniß, die Ehre seiner Schwester und
den Grund seines Angriffs auf den Legationssekretär,
während der Graf durch freundlichen Zuspruch, durch
herzliche Theilnahme seinen Reisegefährten zu trösten
und aufzurichten suchte.

Beide rückten sich unter solchen Mittheilungen näher
und befreundeten sich inniger, als dieß sonst selbst bei
jahrelanger Bekanntschaft zu geschehen pflegt. Die Er=
innerung an Clara, obgleich ihr Name kaum genannt
wurde, knüpfte das Band nur noch fester und wurde
gleichsam das geheime Freimaurerzeichen für ihre beiden,
durch Alter und Lebensstellung verschiedenen Verehrer.

Erst als der Graf von ihm Abschied nahm, empfand
Paul das Gefühl der Einsamkeit und Verlassenheit, der

Trennung von Allem, was ihm theuer war. Mit dem würdigen Greise schien ihm die letzte Hoffnung zu ver= schwinden. Erst jetzt war er allein. Traurig setzte er seinen Weg fort, der ihn immer tiefer in das eigent= liche Hochgebirge führte. Jenseits der Grenze nahm die Landschaft einen immer wilderen Charakter an, stiegen die Felsmassen immer trotziger empor, aber diese düsteren, chaotischen Trümmer einer gewaltigen Erdre= volution harmonirten wunderbar mit seiner eigenen Stimmung. Bald war der blaue See mit den lieb= lichen Ufern seinen Blicken entrückt, nur der schäumende Gießbach, der sich in seinen Schooß ergoß, begleitete ihn wie eine Erinnerung an sein verlorenes Glück. Ueber schwarzes Steingeröll stürzten sich die tobenden Wellen, in ihrer Hast und Unruhe ein Abbild seines eigenen bewegten Lebens. Die Felsen drängten sich näher und jäher zusammen, als wollten sie ihm den Pfad versperren.

Paul befand sich in der ihm wohlbekannten „Klamm," einer der großartigsten Szenen dieser wilden, zerrissenen Gebirgsnatur. Mit ungestümer Riesenkraft hatte hier der angeschwollene Bach die hohe Felsenmauer durch= brochen und sich gewaltsam einen Weg gebahnt. Von Absatz zu Absatz stürmte die brausende Flut in die Tiefe nieder, wo sie in dem selbst gewählten Kessel wie er=

mattet von der übermäßigen Anstrengung sich sammelte
und auszuruhen schien.

. Trotz der pittoresken Wildheit entbehrte der Ort
nicht einer gewissen Anmuth, wie sie nur die Natur
durch Verschmelzung der Gegensätze des Erhabenen und
Lieblichen hervorzubringen vermag. Die feuchten Wände
waren mit grünem Moos bekleidet, an dem die Wasser=
tropfen wie ein Schatz von Juwelen und Perlen blitzten.
Schlanke Birkenstämmchen und schwankende Blumen
klammerten sich an dem harten Gestein mit ihren zarten
Wurzeln an, wie rührende Kindergestalten über den
Abgrund schwebend und mitten im Brausen der toben=
den Elemente lächelnd. Das gedämpfte Licht des Tages
verbreitete einen eigenthümlichen magischen Schimmer
über die Schrecken der Natur, und tröstend wie ein
treuer Freund im Unglück blickte der blaue Himmelstreif
durch den zerrissenen engen Felsenspalt, während die
beruhigte Flut mit ihrem leuchtenden Grün an die
Farbe der Hoffnung mahnte.

Unwillkürlich fand sich Paul von dem romantischen
Zauber dieses Schauspiels auf's Neue gefesselt, das sich
zugleich in seinem Künstlerauge und in seiner Seele
wiederspiegelte. Auf einem bemoosten Stein saß er
lange Zeit und starrte, das müde Haupt auf seine

Hand gestützt, in die rauschenden Wellen, welche seinen ruhelosen Gedanken glichen.

„Woher und wohin? Wozu dieses Drängen und Treiben?" Ewige Fragen, für die er keine Antwort fand.

Das große Räthsel des Lebens trat in diesem Augenblick mächtiger als je an ihn heran, aber die Natur, an die er sich wandte, blieb stumm, oder er verstand ihre Sprache nicht. In ihrem Schooße suchte er jetzt Genesung und Heilung für die Wunden, welche die Gesellschaft ihm geschlagen, doch der ersehnte Friede floh das zerrüttete Gemüth. Stunde auf Stunde verrann ihm so im düsteren Brüten über sein Geschick, bis ihn die untergehende Sonne und die zunehmende Kühle in der feuchten „Klamm" zum Aufbruch mahnte.

Von seinen früheren Wanderungen her war ihm die Gegend wohl bekannt und er erinnerte sich jetzt an die alte Bergschenke, wo er vor Jahren zum Behufe seiner Studien sich längere Zeit aufgehalten hatte. Die stille Abgeschiedenheit des Hauses mitten in den Bergen, das treuherzige Wesen des einfachen Wirthes und dessen Familie hatten ihn damals so sehr gefallen, daß er wieder dahin seine Schritte lenkte und bis zur Erledigung seiner Angelegenheit dort zu verweilen gedachte.

Nach einer kurzen Wanderung erreichte er das alte Haus mit seinem verwetterten Dache und niederen Fenstern, das bei der hereinbrechenden Dämmerung zwischen den Felsen selbst wie ein grauer Steinblock lag. Auf der Schwelle begrüßte ihn eine junge Frau in ländlicher Tracht, die auf ihren Armen ein schönes, zweijähriges Kind trug. Er fragte sie nach dem alten Wirth und ob er wohl ein Unterkommen finden könnte.

„Vater und Mutter sind im vergangenen Jahre gestorben," erwiederte sie traurig.

„So bist Du die Wirthin?" fragte Paul.

„Ich und mein Mann hausen jetzt hier, aber ich weiß nicht, ob es Euch bei uns gefallen wird. Gäste Eures Standes kehren nur selten bei uns ein."

„O, ich bin ein alter Bekannter und werde Euch wenig Umstände machen. Erinnerst Du Dich nicht mehr an den Maler mit dem Ziegenbart?"

„Mein Gott!" rief die Frau freudig erschreckt. „Wo habe ich meine Augen gehabt. Ihr seid es, Herr Paul! Warum habt Ihr mir das nicht gleich gesagt?"

„Ei, es ging mir gerade wie Dir. Wie konnte ich auch glauben, daß die kleine Vroni eine so stattliche Wirthin geworden ist!"

„Ja, ja!" versetzte das junge Weib, unwillkürlich aufseufzend; „die Zeit vergeht, man weiß selbst nicht wie, und ehe man sich's versieht, ist das Alter, sind die Sorgen da."

Während sie das Alles mit tonloser, gedrückter Stimme sprach, streckte das kleine Kind auf ihrem Arm dem Maler sein Händchen entgegen, indem es wohl in ihm den abwesenden Vater zu erblicken glaubte. Als es aber seinen Irrthum gewahr wurde, versteckte es scheu den blonden Lockenkopf an den Busen der lächeln= den Mutter.

„Und ein Kind hast Du auch schon?" sagte der Maler. „Ich kann es mir noch immer nicht denken, daß die wilde Hummel, die Du früher warst, mir jetzt als ehrbare Frau und Mutter hier entgegen tritt. Doch wo ist, denn Dein Mann? Den muß ich doch vor Allem sehen und mich in aller Form als alter Bekann= ter der Familie vorstellen."

„Mein Mann," versetzte sie zögernd und mit einer gewissen Verlegenheit, „ist über die Grenze gegangen, von wo er erst in einigen Tagen zurückkommt. Einst= weilen will ich Euch gern bei mir beherbergen, wenn Ihr vorlieb nehmen wollt, da Ihr ein Freund und Be= kannter meiner Eltern seid."

„Ich kann doch das alte Dachſtübchen mit der Aus=
ſicht auf den Höllenkogel haben?"

„Ihr müßt Euch nur ein wenig gedulden, da ich
erſt Alles herrichten muß. Wie geſagt, es kommen
nur ſelten Gäſte auf längere Zeit zu uns. Die Herren
Maler haben ſich verzogen und nach dem neuen Gaſt=
hof oder der „Klamm" gewendet. Um ſo mehr freut
es mich, daß Ihr Euch noch unſer erinnert habt und
ich will es auch gewiß Euch an nichts fehlen laſſen."

Nach und nach ließ die junge Wirthin die anfäng=
lich den Maler befremdende Zurückhaltung ſchwinden,
indem ſie ihn mit freundlichen Worten aufforderte, ihr
in das wohlbekannte Haus zu folgen. Seit ſeiner
langjährigen Abweſenheit hatte ſich äußerlich nichts ver=
ändert, es waren dieſelben Bretterwände mit den flüch=
tigen Zeichnungen und Skizzen, von ſeiner Hand und
der Hand befreundeter Maler auf der weißen Tünche
leicht hingeworfen, dieſelben niedrigen von Rauch und
Alter geſchwärzten Balken der Decke. In der Ecke
ſtand der große, grüne Ofen mit den eingebrannten
Patriarchen und Erzvätern aus dem alten Teſtament,
und über der Thür hing der kupferne Weihkeſſel mit
dem ~~heiligen~~ Waſſer und dem vertrockneten Palmen=
buſch. Das Alles lag und ſtand wie vor alten Zeiten,

und doch war es Paul, als ob ihm etwas fehlte, als
ob es hier ganz anders geworden wäre. Ueber dem
Ganzen schwebte eine unerklärliche Traurigkeit, eine
melancholisch düstere Färbung, die er jedoch auf die
grauen Schatten und das dämmernde Zwielicht zu
schieben geneigt war.

Auch das Wesen der jungen Wirthin hatte etwas
Gedrücktes und Befremdendes für ihn, trotzdem sie sichtlich bemüht war, den Gast mit der früheren Herzlichkeit
aufzunehmen. Ein geheimer Kummer schien auf ihr zu
lasten, den sie vergeblich zu verbergen suchte. Aber der
Schmerz verlieh dem bleichen Gesicht der Bäuerin einen
eigenthümlichen Reiz und veredelte und vergeistigte gleichsam ihre Züge. Das verschleierte Auge mit den langen,
blonden Wimpern verlieh ihr einen madonnenhaften
Ausdruck, der ihn an die frommen Bilder der alten
deutschen Meister erinnerte. Während er diese Beobachtungen anstellte und dazwischen einige Fragen an sie
richtete, zündete sie, da es unterdessen Nacht geworden
war, ein Licht an, nachdem sie das auf ihrem Arm
eingeschlafene Kind zu Bette gebracht hatte. Auf seine
Aufforderung setzte sie sich an seine Seite und erzählte
von dem Tode ihrer Eltern, sprach von ihrem Kinde
mit der vollen Innigkeit und Liebe einer jungen Mutter,

dagegen schien sie absichtlich jede Erwähnung des ab=
wesenden Mannes zu vermeiden, obwohl Paul wieder=
holt das Gespräch auf ihn zu lenken suchte. Seine
Theilnahme mußte ihr wohl thun, die Erinnerung an
ihre Jugend und an ihre frühere Begegnung mit dem
Maler lockte öfters ein vorübergehendes Lächeln über
das ernste Gesicht, und bald verfiel sie wieder ganz in
den alten, vertraulichen und selbst heiteren Ton aus
vergangenen Tagen.

„Und Ihr," sagte die junge Wirthin, „habt noch
immer keine Frau gefunden?"

„Wie Du siehst, bin ich frei wie der Vogel in der
Luft und werde es auch wohl bis an mein seliges Ende
bleiben."

„Das ist nicht recht und ist nicht wahr. Jeder
Vogel hat sein Nest und sorgt für Weib und Kind.
Ein Mann wie Ihr, der sein Auskommen hat, soll
sich nicht von der unvernünftigen Kreatur beschämen
lassen."

„Und doch heißt es im alten Spruch: ‚Ehestand,
Wehestand, viel Leid und wenig Freud'. Du selbst
kommst mir nicht halb so lustig vor, wie damals, als
Du noch von keinem Mann gewußt hast."

„Das würde sich auch nicht schicken. Eine Frau kann nicht lachen und springen wie ein junges Mädchen, das nur in den Tag hineinlebt und keine anderen Sorgen als Tanz und Kirchweih kennt. Damit ist es freilich aus und doch möcht' ich nicht zurücktauschen um alles Geld. Seit ich eine Frau geworden bin, kommt mir die Welt noch einmal so groß und herrlich vor, und seit ich Mutter bin, ist mir der Himmel so nah, daß ich ihn oft mit meinen Händen zu greifen glaube. Mir ist jetzt oft wie dem Blinden zu Muthe, dem ein Wunder plötzlich die Augen geöffnet hat. Ich glaube Sonne und Mond, die Erde und die Sterne zum ersten Mal zu sehen, Tag und Nacht erst jetzt zu unterscheiden. Dabei weiß und verstehe ich Alles besser, meine Bibel und das alte Geschichtsbuch von der heiligen Genofeva, die Menschen und die Welt mit ihrer größten Freud und ihrem bittersten Leid."

Durch den Eintritt der Magd, welche den fremden Maler mit mißtrauischen Blicken zu beobachten schien, wurde die Unterhaltung unterbrochen. Die junge Wirthin rüstete mit ihrer Hülfe das einfache, aber wohlschmeckende Abendbrod, worauf sich Paul auf seine indessen hergestellte Dachstube zurückzog. Trotz seiner Müdigkeit und der natürlichen Abspannung konnte er nicht sogleich die ersehnte Ruhe finden. Die Erlebnisse des heutigen Tages zogen noch einmal an seiner Seele vorüber und regten ihn im tiefsten Innern auf.

Auch ihm war wie der jungen Wirthin die Welt eine andere geworden, und sein vergangenes Leben er=schien ihm wie ein mächtiger Traum, aus dem ihn das Schicksal plötzlich mit eherner Hand geweckt hatte. Nie gekannte Gefühle und Gedanken bewegten seinen Geist und bestürmten seine Brust. Das süße Geheimniß einer wahren und reinen Liebe war ihm aufgegangen und erfüllte ihn zugleich mit unaussprechlicher Seligkeit und namenlosem Schmerz. Ein flüchtiger Augenblick hatte ihm sein Ideal gezeigt, nur um es ihm eben so schnell wieder zu entreißen. Jetzt trennte ihn eine unüber=steigliche Kluft von der Geliebten, die er durch die eigene Schuld verloren.

Nicht ungestraft hatte er die sittlichen Schranken überschritten, die moralische Ordnung der Welt verletzt; die beleidigte Familie rächte sich an ihm und an seiner unschuldigen Schwester. Aber auch sein Gegner unter=lag demselben unnachsichtlichen Gesetz, und ein gleiches Verhängniß traf den Schuldigen. Immer mehr drängte sich dem Geiste des Künstlers die Ueberzeugung auf von der Nothwendigkeit der von ihm früher verspotteten und

oft verletzten Institutionen, deren tiefere Bedeutung und
wesentlichen Einfluß auf die Gesellschaft und unsere eigene
Stellung zu derselben er nicht länger leugnen konnte, so
sehr sich die Anschauung und der angeborne Freiheitstrieb
gegen jede Schranke sträuben mochte. Aber diese spät ge=
kommene Erkenntniß hatte er zu theuer erkauft mit dem
Glück seines Lebens, mit dem Verlust seiner Ehre!

Und doch hätte er, gerade wie die schlichte Bäuerin,
diese traurig=süßen Erfahrungen nicht entbehren wollen.
Wie sie, fühlte er, daß sein Leben durch die Liebe eine
höhere Bedeutung, einen tieferen Inhalt gewonnen
hatte. Die ganze Welt erschien ihm in verklärtem
Licht, Himmel und Erde näher gerückt. Das Räthsel
des Daseins quälte und bedrängte ihn nicht mehr, und
das unaufhörliche Ringen und Kämpfen der Mensch=
heit hatte jetzt ein Ziel für ihn gefunden. Auch die
Natur in ihrer furchtbaren Majestät und mit ihrer
stummen Sprache erschloß ihm in der Einsamkeit ihr
großes Geheimniß, sie tröstete ihn jetzt, wie die liebende
Mutter das weinende Kind.

Ueber den finstern Gebirgsmassen und Abgründen
des drohenden „Höllenkogels" war der helle Mond
aufgegangen, der süße Friedensbote und Freund des
schlummerlosen Leids. Das sanfte Licht milderte die

schroffen Formen der wilden Felsen und goß auch in
seine stürmisch bewegte Seele die ersehnte Ruhe. Der
glänzende Lucifer, der Stern der Liebe, und mit ihm
unzählige goldene Sterne wachten über seinem Haupte
und erfüllten ihn mit neuer Hoffnung und Zuversicht.
An dem geöffneten Fenster, durch welches der frische
Nachtwind drang, stand Paul und betete, nicht mit
Worten, aber mit frommen Gedanken und heiligen
Empfindungen zu dem Gott der ewig wahren, ewig
reinen Liebe.

IX.

Auch der Legationssekretär, obgleich dem Künstler
an Geist und Gemüth nur wenig gleichend, empfand
in seinem Innern die tiefere Nachwirkung jener ernsten
Begegnisse. Die Folgen seines Leichtsinns und seiner
Genußsucht hatten ihn nicht nur erschreckt, sondern auch
innerlich ergriffen, so weit dieß seine oberflächliche Natur
nur immer zuließ. Die Krankheit Antoniens, deren
Ursache er sich allein zuschreiben mußte, erfüllte ihn mit

Unruhe und wahrer Besorgniß, da er sie wirklich liebte oder wenigstens zu lieben glaubte. Sein Mitleid war erwacht und ließ seinen Egoismus immer mehr in den Hintergrund treten. Sein Gewissen machte ihm Vor= würfe und beunruhigte ihn durch bittere Mahnungen und traurige Bilder. Der Gedanke an die Leiden des armen, von ihm verrathenen Kindes, die Möglichkeit ihres Todes drängten sich ihm unwillkürlich auf, und vergebens suchte er diesen trüben Phantasieen zu ent= fliehen.

Er selbst erfuhr erst jetzt, wie unentbehrlich ihm das liebliche Kind geworden war, welchen Schmerz und Vorwürfe ihr Verlust ihn bereiten würde. Selbst sein Egoismus hatte an diesem zärtlichen Gefühl einen großen Antheil und verstärkte seine Neigung, seitdem Clara ihm nur zu deutlich ihre Geringschätzung, die fast an Ver= achtung grenzte, nach dem letzten Vorfall zu erkennen gab. Wenn ihm die Wahl frei stand zwischen seiner stolzen Cousine, deren geistiges Uebergewicht ihn zu Bo= den drückte, und der naiven, ihn anbetenden Antonie, so konnte er jetzt keinen Augenblick mehr über seine Entscheidung zweifelhaft sein.

Dazu gesellte sich ein eben so starkes, wo nicht noch stärkeres Motiv, die Furcht vor der Oeffentlichkeit, vor dem Skandal und den damit verbundenen Folgen für seine ganze Existenz und gesellschaftliche Stellung. Er war Zeuge jener erschütternden Begegnung seiner Mutter mit dem alten, verkommenen Sänger gewesen, er hatte dessen Ueberraschung gesehen, den kompromittirenden Ausruf gehört, den verrätherischen Schreck der Staatsräthin, ihr Erbleichen, Zittern und Hinsinken bemerkt, zugleich aber das Geheimniß durchschaut, welches Beide unauf= löslich aneinander band.

Er wagte nicht, darüber nachzudenken, nicht, seine Mutter zu befragen, und doch hatte ihn die Wahrheit wie ein Blitz getroffen. Der alte Mann, gegen den er die Pistole abgeschossen, an dessen Leben er fast zum Mörder geworden wäre, stand zu ihm selbst vielleicht in einem so nahen Verhältnisse, daß er ihm die Liebe, Achtung und Verehrung eines Sohnes schuldete.

Und Leon hatte sein Blut vergossen, seine Hand gegen ihn aufgehoben. Ein unwillkürlicher Schauder erfüllte ihn vor diesem schrecklichen Verhängniß, vor der grauenvollen Rache der strengen Nemesis. Zum ersten Male erkannte auch er jene sittlichen Mächte an, die er sonst zu belächeln und zu verspotten gewohnt war. Zum ersten Mal ergriff ihn mit furchtbarer Gewalt das Ge= fühl seiner Schuld und Verantwortung. Das Vorur=

theil der Geburt und seines Ranges war erschüttert,
seine Eitelkeit auf diese äußern Vorzüge, wenn auch
nicht gänzlich geschwunden, durch die Vorfälle der letzten
ereignißreichen Tage bedeutend herabgestimmt. Die Kluft
zwischen dem adeligen Diplomaten und dem einfachen
Bürgermädchen erschien ihm nicht mehr so groß und
unausfüllbar.

Diese Gesinnungen gaben ihm den Muth, seine Verirrungen der Staatsräthin offen einzugestehen, obgleich
die Unterredung zwischen Mutter nnd Sohn für Beide
gleich peinlich sein mußte, und doch konnte und wollte
er sie nicht länger verschieben.

Die Staatsräthin hatte sich zwar bald von ihrem
Nervenanfall erholt, aber sie zog es vor, noch einige
Zeit die Rolle der Kranken beizubehalten, um sich der
öffentlichen Aufmerksamkeit zu entziehen. Die lebenskluge Dame hoffte noch immer durch ein geschicktes Benehmen die Gerüchte zu entkräften, die Erinnerung an
eine fatale Vergangenheit zu beseitigen. Sie wußte
aus eigener Erfahrung, daß jeder Skandal sich zuletzt
erschöpft und gefahrlos vorüberzieht, wenn die Betheiligten nur mit der nöthigen Klugheit verfahren und sich
nicht selbst weiter kompromittiren. Ihre Krankheit sollte
zugleich das allgemeine Mitleid erregen und sie vor zu-

bringlicher Neugierde schützen. Diese Berechnung hatte
sie nicht ganz getäuscht, da unter den Badegästen in
Lindensee zwar die bekannten Auftritte vielfach bespro=
chen wurden, aber Niemand so leicht den Vorwurf der
Herzlosigkeit durch Schmähung oder Angriffe auf die
arme leidende Dame sich zuziehen wollte. Man begnügte
sich mit leisen Andeutungen und Vermuthungen, mit
heimlichen Flüstern und Winken; man erzählte bald
von einem Attentat auf das Leben des Legationssekre=
tärs, bald von einem Duell auf Leben und Tod zwi=
schen ihm und dem Künstler, bald von dem plötzlichen
Wahnsinn des verkommenen Tenoristen, wobei Wahrheit
und Dichtung sich in wunderbarster Weise kreuzten und
mischten. Selbst die Eingeweihten und Besserunterrich=
teten schwiegen theils aus Vorsicht, theils aus Esprit
de Corps, um die Ehre einer Standesgenossin zu schonen
und den bürgerlichen Elementen der Gesellschaft nicht
einen Triumph zu gönnen.

Die Absicht der Staatsräthin wurde noch wesentlich
durch das Verhalten des verwundeten Sängers unter=
stützt, der sich unter der besondern Obhut des Grafen
Bardenfels befand. Zum Glück erwies sich die Ver=
letzung nicht lebensgefährlich, da die Kugel keine edlen
Theile des Körpers getroffen hatte. Nachdem der Arzt

dieselbe beseitigt und den ersten Verband angelegt hatte,
stellte sich ein heftiges Wundfieber ein, das einige Tage
anhielt, jedoch bald den geeigneten Mitteln wich. Auf
die erste Nachricht von dem Anfall waren seine Freunde,
und vor Allen die leichtsinnige aber gutmüthige Leonore
herbeigeeilt, theils von Neugierde, theils von wirklicher
Theilnahme an dem Unglück des Alten gelockt, aber er
selbst wünschte vorläufig keinen seiner früheren Genossen
zu sehen, um so weniger, da der Arzt jeden Besuch an=
fänglich auf das Strengste verboten hatte.

Auch für den Alten war eine Zeit der Einkehr und
Sammlung gekommen, und die einsamen Tage und
schmerzvollen Nächte auf dem Krankenlager waren wohl
dazu angethan, die Reue um ein verlorenes Leben zu
wecken und den Kern einer ursprünglich edleren Natur
zum allmäligen Durchbruch zu bringen. Weit entfernt,
die Staatsräthin oder Leon anzuklagen, beobachtete er
über sein Verhältniß zu Beiden ein diskretes Schweigen,
eine fast chev024reske Zurückhaltung, wodurch er eben
so sehr die Besorgnisse der kompromittirten Dame zer=
streute, als für sich selbst die Achtung und Theilnahme
des Grafen gewann, der sich lebhaft für den großmüthi=
gen Sänger interessirte.

Unter diesen Verhältnissen durfte sich die Staats=
räthin der Hoffnung hingeben, durch ihr kluges und
seines Benehmen die Gefahr für ihren Ruf und ihre
Stellung abzuwenden, als ihr unerwartet der eigene
Sohn mit seinem Geständnisse entgegentrat, das alle
ihre wohlberechneten Pläne zu vernichten drohte. Un=
umwunden erzählte Leon der Mutter den Anfang seiner
jugendlichen Bekanntschaft mit Antonie, seine zuneh=
mende Neigung für das holde Kind, sprach er mit ihr
von seiner Reue, von den quälenden Vorwürfen seines
Gewissens, von seiner Liebe und von dem Entschluß,
sein begangenes Unrecht wieder gut zu machen und die
Ehre des von ihm verrathenen Mädchens wieder her=
zustellen.

Mit steigender Verwunderung und sichtlichem Miß=
fallen hörte die Staatsräthin die seltsamen Bekenntnisse
ihres Sohnes, dem sie weder eine so tiefe Leidenschaft,
noch einen solchen Ernst zugetraut hatte.

„Leon,“ rief sie überrascht, „ich erkenne Dich nicht
wieder! Solltest Du vielleicht die Absicht haben, einer
flüchtigen Neigung, einer kindischen Liebschaft das Glück
Deines Lebens, Deine ganze Zukunft zu opfern?
Ich kann Dich nicht für so thöricht, für so unbesonnen
halten.“

„Ich weiß nur, daß ich an dem armen Mädchen
ein schweres Unrecht begangen habe, daß ich Antonie
inniger liebe, als ich selbst geglaubt. Der Gedanke, sie
krank zu wissen, krank durch meine Schuld, bringt mich
zur Verzweiflung. Ich habe keine Ruhe mehr, bevor
ich sie nicht wieder gesehen, bevor sie mir nicht vergeben
hat. Noch heute will ich abreisen, an ihr Lager eilen,
um sie nie mehr zu verlassen."

„Und meinst Du wirklich, daß ich zu einer solchen
Tollheit meine Einwilligung geben werde? Habe ich
darum die unzähligen Opfer gebracht, Dir durch meinen Einfluß eine glänzende Laufbahn eröffnet, mehr
für Dich gethan, als meine Pflicht forderte, um in
einem Augenblicke das Gebäude meiner Hoffnungen
und Aussichten durch Dich selbst zerstört zu sehen? O,
das schmerzt tiefer als Alles, wenn der eigene Sohn
uns den Dolch in die Brust stößt."

Zur Unterstützung ihrer pathetischen Rede drückte
die Staatsräthin ihr weißes Batisttuch an die Augen
und vergoß wirklich einige natürliche Thränen, da sie
zu den Frauen gehörte, welchen das nöthige Augen-
wasser bei ähnlichen Gelegenheiten leicht zu Gebote steht.
Wider ihre Erwartung und gegen alle früheren Erfahrungen verfehlte jedoch das sonst bewährte Mittel dieß-

mal seinen Zweck, indem der Legationssekretär keines=
wegs die Rührung und Nachgiebigkeit zeigte, auf die
sie mit Sicherheit gerechnet hatte.

„So schwer," sagte er mit überraschender Festigkeit,
„es mir auch fällt, Dich zu betrüben, so muß ich doch
auf meinem Entschluß beharren. Noch heute will ich
abreisen, um Antonie zu sehen. Ich habe nur zu lange
aus Rücksicht auf Dich gezögert, da ich ohne Deine
Einwilligung nicht fortgehen wollte. Der Himmel ver=
hüte, daß ich zu spät komme. Sollte ihr ein Unglück
begegnen, so würde ich mir ewige Vorwürfe machen.
Ich könnte darüber rasend werden."

„Du bist es schon. Hast Du vergessen, daß Du
mit Clara fast so gut wie verlobt bist, daß Du Deine
Cousine aufgeben, alle meine Pläne für Deine Zukunft
für immer durch einen solchen unüberlegten Schritt ver=
nichten willst? Glaubst Du ein begangenes Unrecht
durch ein noch größeres wieder gut zu machen und daß
ich meine Zustimmung dazu geben werde?"

„Meine stolze Cousine wird sich nur zu leicht zu
trösten wissen. Du täuschest Dich vielleicht absichtlich
über Clara und ihre Empfindungen für mich. Ich
kenne sie besser; sie liebt mich nicht, kann mich nicht
lieben, weil sie einen Andern liebt."

„Du meinst den Maler, aber Du irrst Dich. Clara ist zu stolz, um einem solchen Abenteurer ihre Hand zu reichen, selbst wenn sie ihn wirklich lieben sollte. Außerdem ist er jetzt entfernt, er dürfte nicht so bald zurückkehren und Dir gefährlich werden. Sie wird und muß ihn vergessen."

„Trotzdem verschmäht sie mich, wie mir ihr Benehmen nur zu deutlich zeigt. Aber selbst wenn sie anders gesinnt wäre, würde ich mich nie an der Seite des stolzen, sich selbst genügenden und auf mich herabsehenden Mädchens glücklich fühlen. All' ihr Geist, selbst ihr großes Vermögen kann mich nicht länger bestechen und wiegt nicht das Herz meiner Antonie auf."

„Ah, das ist etwas Anderes!" versetzte die Staatsräthin 'ironisch, „Du scheinst entschlossen, mit einem zärtlichen Herzen in einer Hütte zu leben. Auf mich kannst Du nicht rechnen, und Dein Gehalt als Legationssekretär dürfte schwerlich hinreichen, Dich und Deine Frau, vielleicht bald eine kleine Familie, standesgemäß zu ernähren."

„Ich habe allerdings," entgegnete er bestürzt, „auf Deine Güte gezählt, aber wir sind Beide jung, Antonie kaum siebenzehn Jahre, und im Nothfall werden wir warten."

„Bis Du Legationsrath geworden oder ich gestorben
bin," ergänzte die Mutter. „Und wenn dieser Fall
früher oder später eintreten sollte, wirst Du mit andern,
vielleicht noch größern Widerwärtigkeiten zu kämpfen
haben. Die Gesellschaft kann und wird Dir nicht so
leicht Deine Mißheirath verzeihen und wird Dir oder
vielmehr Deiner Frau die Thür verschließen. Unmög=
lich kannst Du verlangen, daß man am Hofe oder in
den diplomatischen Kreisen das ehemalige Fräulein Ewald
empfängt. Das gibt tägliche Reibungen, die Dir das
Leben verleiden, Deine Stellung unmöglich machen.
Eines Tages wird Dir der Minister die Weisung geben,
um Deinen Abschied einzukommen. Deine Carrière ist
geschlossen, und es bleibt Dir nichts übrig, als mit
Deiner Familie Dich einzuschränken und zu darben.
Und das Alles um eine Thorheit, um eine kindische
Liebe zu einem unreifen, unbedeutenden Mädchen. Leon,
ich habe Dich für klüger gehalten. Bedenke, was Du
thun willst. Rang, Stellung und Geburt für eine
solche Chimäre aufzuopfern!"

„Und wenn Rang, Stellung und Geburt auch nur
eine Chimäre sind?" rief er plötzlich, durch ihren uner=
warteten Widerstand gereizt.

„Wie meinst Du das?" fragte sie mit erheuchelter Unbefangenheit, während sie innerlich erbebte.

Leon zögerte, den wunden Fleck in dem Leben seiner Mutter zu berühren; ein Rest kindlicher Pietät, eine natürliche Scham und Ehrfurcht hatte ihn bisher zurück=gehalten, aber ihre kalte Ironie, ihre unerwartete Härte trieb ihn jetzt zum Aeußersten.

„Ich bin kein Kind mehr," sagte er im ernsten Ton. „und kenne die Welt vielleicht nur zu gut. Du selbst warst ja meine Lehrerin, und durch Dich habe ich die Gesellschaft verachten gelernt, mit deren Ausschließung und Verurtheilung Du mir drohst. Denkst Du, daß ich nicht weiß, welche Verirrungen, Thorheiten und Laster sich unter der schimmernden Hülle bergen? Lüge, Kor=ruption, Meineid und Betrug, Schmach und Schande. Ein Thor, der auf Rang und Geburt noch einen Werth legt, wenn ein hergelaufener Buffo sich der Gunst der hochgestelltesten Dame frech rühmen darf."

„Leon!" schrie entsetzt die Staatsräthin und barg ihr bleiches Gesicht in die zitternden Hände. „Halt' ein, oder Du wirst mich tödten!"

Eine tiefe Stille herrschte in dem Zimmer, nur un=terbrochen von dem krampfhaften Schluchzen der Staats=räthin.

„Verlaß mich!" flehte sie nach einer bangen, pein=
lichen Pause. „Ich muß mich sammeln, ehe ich Dir
auf Deine Beschuldigungen antworten kann. Die Strafe
ist zu groß, zu hart für mein Vergehen."

Gerührt von der Wahrheit ihres Schmerzes, wollte
Leon ihre Hand ergreifen und einige Worte zur Ver=
söhnung stammeln, aber sie winkte ihm, daß er sich
entfernen und sie allein lassen sollte.

Ihr Widerstand war gebrochen; jene Gemüthshärte,
welche wunderbarer Weise bei hysterischen Frauen neben
einer überschwenglichen Gefühlsschwärmerei bestehen kann,
schien geschwunden, und sie fühlte sich tief erschüttert
und gebeugt. Der Kampf mit ihrem Sohne hatte sie
erschöpft; sie sah sich gezwungen, ihre hochfliegenden
Pläne aufzugeben, aber noch mehr schmerzte sie der Ge=
danke, daß Leon um ihr Geheimniß wußte, quälte sie
die Furcht vor seinen nur zu gerechten Vorwürfen.

Der eigene Sohn war zum Zeugen ihrer Schmach,
zum Werkzeug in der Hand der Vorsehung geworden,
um von ihr Rechenschaft für die verletzten Gesetze der
Gesellschaft, für die durch sie beleidigte Familie zu for=
dern. Trotz ihres Egoismus liebte sie Leon mit der
ganzen Zärtlichkeit des Mutterherzens, er war das ein=
zige Wesen in der Welt, für das sie noch ein wahres,

inniges Gefühl empfand, und gerade er war zu ihrer
Züchtigung ersehen und mußte sie am Tiefsten verletzen.
Sah sie mit seiner Achtung die ihr zur Gewohnheit
gewordene Herrschaft über den Sohn verloren, so wollte
sie wenigstens sich seine Liebe, das Einzige, was ihr
noch übrig blieb, um jeden Preis zu retten suchen. Nur
durch Nachgiebigkeit konnte sie hoffen, ihn zu sich zu=
rückzuführen und ihn von Neuem zu fesseln. Die le=
benskluge Frau erkannte die Nothwendigkeit, sich in die
gegebenen Verhältnisse zu fügen, aber es kostete sie einen
schweren Kampf, ehe sie zu diesem Entschlusse gelangte.
Ein Gefühl von Eifersucht, das manchen Müttern nicht
fremd zu sein pflegt, erfüllte sie gegen die aufgedrungene
Schwiegertochter, die ihr das Herz des Sohnes ent=
fremdet hatte und mit der sie fortan seine Liebe thei=
len sollte.

Von Leon und dessen Geliebten schweiften ihre auf=
geregten Gedanken weiter zu dem verwundeten Sänger,
den sie seit jener Katastrophe nicht mehr gesehen, den
sie niemals wieder sehen wollte. Auch an ihm hatte
sie schwer gesündigt und gefehlt, indem sie rücksichtslos
ihn preisgegeben und ihrem Rufe und ihrer gesellschaft=
lichen Stellung hingeopfert, unbekümmert um sein fer=
neres Geschick. Und jetzt stand er ihr gegenüber, durch

sie zum Bettler geworden, von der Hand des Sohnes
verwundet, auf das schmerzhafte Siechbett hingestreckt.
Sie schauderte vor der von ihr ausgestreuten Drachen=
saat, vor dem geheimen Fluch der Schuld, der im Ver=
borgenen lauert und plötzlich wie ein Blitz auf das
sündige Haupt herniederfährt.

Von Reue und Angst bestürmt, überwand sie ihren
bisherigen Widerwillen gegen den armen, herunterge=
kommenen Geliebten ihrer Jugend, für den sie jetzt ein
tiefes Mitleid, eine innige Theilnahme empfand. Sie
wollte ihn noch heute sehen, seine Vergebung suchen,
und zugleich, wie dieß ihre Klugheit forderte, sich seines
Stillschweigens für immer versichern. Da der Alte noch
mit ihr in demselben Hotel als Rekonvaleszent ver=
weilte, so fiel es ihr nicht schwer, unbemerkt zu ihm zu
gelangen. Auch durfte ihr Besuch um so weniger auf=
fallen, da es nur ein Gebot der Schicklichkeit und Men=
schenfreundlichkeit war, sich nach seinem Befinden zu er=
kundigen.

Wider Erwarten fand sie ihn ruhig, fast heiter und
selbst in seinem Aeußern wohlthätig verändert. Die
sorgfältige Pflege der letzten Tage, das friedliche, ge=
regelte Leben, das er dem Grafen Barbenfels verdankte,
und der geistige Einfluß des würdigen Mannes auf

seinen Schutzbefohlenen hatte das Wesen und auch den Charakter des Verkommenen wieder gehoben und gleichsam veredelt. In eine bessere und reinere Atmosphäre versetzt, von dem wilden Treiben seiner Genossen entfernt, durch die ernsten Ereignisse und seine Krankheit auf sich selbst angewiesen, war er selbst ein Anderer und Besserer geworden.

Mit traurigem Lächeln nahm er ihre Hand, die sie ihm stumm zur Versöhnung reichte. Kein Vorwurf, keine Klage kam von seinen Lippen, während sie sich selbst anschuldigte.

„Ich habe Ihnen und auch Ihrem Sohne Alles vergeben," sagte er sichtlich erschüttert.

„Und ich will Alles wieder gut machen, was ich verbrochen und gesündigt habe. In Zukunft werde ich für Sie sorgen, wie für meinen besten Freund."

„Nein, nein!" versetzte der Alte mit einer Anwandlung seines früheren Stolzes. „Ich will Ihnen nicht zur Last fallen. Unsere Wege gehen auseinander, wir werden uns nicht so bald wieder sehen. Lassen Sie uns heute Abschied nehmen für unser ferneres Leben."

„Und was soll aus Ihnen werden? So viel ich weiß, befinden Sie sich nicht in der Lage, mein Anerbieten zurückzuweisen. Auch ich bin Ihrer Diskretion, auf die ich rechnen darf, einen solchen Dank schuldig."

„Sie haben nichts von mir zu fürchten, Ihr Ge= heimniß wird mit mir begraben werden. Dafür bürgt Ihnen das Wort eines Ehrenmannes. Ich will Ihnen und Ihrem Sohne das drückende Gefühl meiner Gegen= wart für immer ersparen und werde zu diesem Behufe den Grafen, der mir die Stelle eines Gesellschafters an= geboten hat, auf dessen Reisen begleiten."

„So kann ich nichts für Sie thun; in keiner Weise meine Reue Ihnen durch die That beweisen?"

„Doch!" versetzte der Alte mit ungewohnter Würde.
„Wenn Sie Leon vor den Verirrungen unserer Jugend bewahren, wenn Sie ihn dazu vermögen, die Schwester meines Freundes glücklich zu machen, ein begangenes Unrecht zu sühnen. Wir haben Beide schwer gesündigt und dafür gebüßt, ersparen Sie Ihrem Sohne ein ähn= liches Geschick, den Fluch, der den Schuldigen früher oder später trifft."

„Ich kam bereits mit diesem Gedanken zu Ihnen, und Sie bestärken mich nur in meinem bereits gefaßten Entschlusse. Ich selbst will mit meinem Sohne nach der Residenz, um das Mädchen seiner Wahl kennen zu

lernen und, wenn sie würdig erscheint, sie mit ihm zu
verbinden."

„Sie werden wohl daran thun, aber zögern Sie
nicht länger, da die Arme, wie ich höre, schwer erkrankt
darnieder liegt. Vielleicht gelingt es noch, die Wunden,
welche ihr die Liebe schlug, durch die Liebe zu heilen."

„Und mein, unser Sohn," fragte die Staatsräthin,
„was soll ich ihm von Ihnen sagen?"

„Sagen Sie ihm, daß ich ihm verzeihe! daß er
meiner gedenken soll wie eines Gestorbenen, dessen Thorheit und Verirrung das Grab für immer deckt."

X.

Während dieser Vorgänge hatte sich Paul in der
einsamen Bergschenke häuslich niedergelassen und so hei-
misch gemacht, als es ihm unter den gegebenen Verhältnissen möglich war. Im reichsten Maße genoß er
den stillen Frieden der Einsamkeit, und wenn ihn die
Sehnsucht nach dem verlornen Glück überwältigen wollte,
ilte er mit dem Skizzenbuch in die nahen Berge, wo

er sich mit hingebender Liebe in die Natur vertiefte
und den Segen der Arbeit an sich erprobte.

Beruhigt und gestärkt kehrte er dann gegen Abend
in das stille Haus zurück, auf dessen Schwelle ihn die
junge Wirthin mit dem lächelnden Kind empfing, das
nicht mehr vor dem bärtigen Maler zurückscheute, son=
dern ihm wie einem alten Bekannten schon aus der
Ferne entgegen jauchzte.

Die Gesellschaft der tüchtigen, um ihn besorgten Frau
genügte und befriedigte ihn mehr als das leere, nichtige
Salongespräch so gewandter, hochgebildeter Damen. Un=
willkürlich bewunderte er den natürlichen Verstand und
das gesunde Gefühl der Bäuerin, welche manche ihrer
vornehmen Schwestern durch ihren angebornen Takt be=
schämte. Mit feinem Instinkt schien sie den geheimen
Schmerz seiner Seele zu ahnen und ohne sich ihm auf=
zudrängen, zu theilen. Sie besaß den geschärften Blick
der Unglücklichen für fremdes Leid, und fühlte sich viel=
leicht dadurch noch mehr zu dem alten Bekannten hin=
gezogen, gerade wie das verborgene Mißgeschick, das auf
ihr zu lasten schien, sein Interesse für sie noch erhöhte.
Beide rückten sich mit jedem Tag näher, ohne daß sich
ein unreiner Gedanke in das vertrauliche Verhältniß
mischte.

Dieses wohlthuende, wenn auch beschränkte Still-
leben hatte für Paul einen besonderen Reiz und wirkte
befriedigend auf seinen aufgeregten Geist. Eine Woche
war ihm bereits in dieser Weise verflossen, als die Heimkehr des schon früher erwarteten Wirthes die ihm lieb
gewordene Einförmigkeit seines Daseins unterbrach und
die kaum gewonnene Ruhe zu stören drohte.

Mit mißtrauischen Blicken begrüßte der große,
schlanke Mann, dessen sonst schönes Gesicht durch einen
finstern Zug und eine gewisse Härte entstellt wurde,
den fremden Gast, der ihm sichtlich nicht gelegen kam.

Die Unfreundlichkeit des Wirths suchte die gutmüthige Frau durch verdoppelte Zuvorkommenheit wieder
gut zu machen, wodurch sie jedoch nur die schon vor-
handene Abneigung gegen ihren Willen steigerte. Nur
die Rücksicht auf das herzensgute Weib und der Wunsch,
hier die versprochenen Briefe und Nachrichten des Grafen Bardenfels abzuwarten, ließen ihn das unhöfliche,
fast feindliche Wesen des tückischen Wirths ertragen, seit
dessen Rückkehr ein ungewöhnlich lautes Leben in der
sonst so stillen und einsamen Bergschenke herrschte.
Außer den früheren Gästen, einigen Holzknechten, Bauern
und Fuhrleuten, sah man jetzt verschiedene seltsame Gestalten, verdächtige Gesichter, wilde Erscheinungen, ver-

wegene Wildschützen, Pascher und ähnliche mit den Gesetzen zerfallene Menschen, wie sie meist in der Nähe
der Grenze, besonders im Gebirge angetroffen werden.
Von Zeit zu Zeit und besonders an Sonn- und Fest-
tagen gesellten sich wohl auch Frauen und Dirnen zu den
Männern, dann wurde getrunken, gescherzt, gelacht, daß
die sonst so stillen Räume wiederhallten von dem unge-
wohnten Lärm.

Paul fand nur wenig Gefallen an dem wilden Treiben, das nur zu oft in Streit ausartete und mit einer
blutigen Schlägerei endete. Das rohe Wesen der Männer, der freche Ton der Dirnen widerte ihn an, und
er hielt sich möglichst fern davon, indem er meist zurück-
gezogen auf seiner Dachstube verweilte oder in den Bergen herumschweifte, wo er stets neue Schönheiten entdeckte.

Nur selten mischte er sich in die bunte Gesellschaft,
welche allerdings dem Künstler manche Gelegenheit zu
interessanten Studien und Beobachtungen bot. Zuweilen zeichnete er die charakteristische Gestalt eines Wildschützen oder eine kräftige Magd in ihrer eigenthümlichen Landestracht. Auch das Bild seiner jungen Wirthin
hatte er mit großer Liebe begonnen, um ihren schönen
Kopf als Madonna zu benutzen, trotzdem sie sich anfänglich ihm zu sitzen weigerte, als sie von seiner Ab-

sicht hörte. Nur auf seine wiederholte Bitte gab sie
endlich ihre Einwilligung, nachdem er ihr versprochen
hatte, eine Kopie für ihren Mann zu malen, womit sie
diesen überraschen wollte. Aus dem Grunde fanden
auch die seltenen Sitzungen nur heimlich statt; trotzdem
blieben sie nicht unbeachtet, da die Magd, welche zu=
gleich als Spionin diente, diese unschuldigen Zusammen=
künfte dem Herrn hinterbrachte und dadurch dessen Ab=
neigung zum wilden Hasse steigerte.

An einem schwülen Sonntag, wo ein schweres Ge=
witter drohend am Himmel stand, sah sich Paul wider
Willen auf die enge Bergschenke beschränkt, welche heute
ganz besonders zahlreich von den gewöhnlichen Stamm=
gästen besucht wurde. Senner und Sennerinnen waren
von der benachbarten Alp herabgekommen, um nach
wochenlangen Entbehrungen wieder einmal mit Men=
schen zu verkehren und einen anderen Ton als das
Brüllen und Blöcken ihres Viehs zu hören. Schmucke
Dirnen im rothen Mieder, schlanke Bursche in grauer
Joppe und mit grünem Berghut saßen an der langen
Tafel, tranken sauren Landwein und sangen dazu jene
wunderbaren Lieder, bald schwermüthig, bald ausgelassen,
in denen sich unwillkürlich das Herz des deutschen Volks
in seiner ganzen Gefühlstiefe und mit seiner jäh her=

vorbrechenden Lustigkeit offenbart. Eine Gesellschaft von alten Paschern und Wildbieben spielte in der Ecke mit schmutzigen Blättern „Dreikart," zuweilen den ergreifen= den Gesang durch einen lauten Fluch oder rohes Ge= lächter unterbrechend. Wirth und Wirthin gingen ab und zu und bedienten ihre Gäste, hier einen freundlichen Gruß, dort einen kräftigen Händedruck austauschend. An der Seite des alten Zitherspielers, der sich ebenfalls eingefunden, hatte sich Paul auf der kleinen Bühne niedergelassen, welche durch einen Verschlag von dem übrigen Raum getrennt war. Unbemerkt warf er hier seine flüchtigen Skizzen auf das Papier, das bunte Schauspiel eines dem Künstler nur selten gebotenen Volkslebens für sein Album benutzend und aufbewahrend. Sein Thun machte um so weniger Aufsehen, da die Stammgäste den Maler bereits kannten und sich selbst geschmeichelt fanden, wenn er mit geschickter Hand ihre Züge verewigte. Ab und zu trat wohl auch ein fröh= licher Bursche an ihn heran, um ihm zuzutrinken, scherzte eine schalkhafte Dirne mit dem schmucken Künstler, der außerdem durch seine Reisen den richtigen Ton im Verkehr mit dem Volke zu treffen wußte.

Jetzt verstummte der Gesang des Chors, dem er mit sichtlicher Theilnahme gelauscht; der alte Zither=

spieler nahm sein Instrument und begann einen
lustigen Ländler, die Paare stellten sich zum Tanze
auf. Anfänglich bewegten sie sich mit abgemessenen
Schritten in dem engen Kreis der Schenke, Bursche
und Mädchen fest umschlungen, eng aneinander ge=
schmiegt. Bald aber entfaltete sich der Reigen zu immer
höherer Freiheit und Ungebundenheit, zu jauchzender
Lust. Im Gefühl der Sicherheit und seines Sieges
gewiß ließ der Tänzer seine Dirne los, und während sie
seinen Armen entschlüpfte, mit trippelnden Schritten sich
von ihm entfernte und sich wieder näherte, schalkhaft ihn
fliehend oder ihn zärtlich suchend, genoß er im Voraus
seinen gewissen Triumph, indem er übermüthig mit der
Zunge schnalzte, pfiff, einen gellenden Jauchzer ausstieß
und wie im rasenden Uebermuth mit den Füßen den schwar=
zen Boden stampfte, zugleich mit beiden Händen auf dem
prallen Schenkel, Knie und Fußabsätzen laut den Takt
zu der Melodie des Tanzes schlagend.

Zuweilen genügte nicht mehr dieser Ausbruch der
rasenden Lustigkeit, immer kühner wurden die Be=
wegungen, immer herausfordernder die Stellungen;
sämmtliche Glieder, der ganze Körper zuckte zusammen
und schnellte wieder wie ein elastischer Ball empor,
wechselte mit Burzelbäumen und Rädern ab, setzte mit

kühnen Sprüngen, die Hände auf die Schultern der
kräftigen Tänzerin gestützt, über ihren Kopf, oder schlüpfte
unter ihrem verschränkten Arm hinweg, bis er zuletzt
mit dem ganzen Aufgebot seiner unerschöpften Kraft
das Mädchen ergriff, sie hoch emporschwang und
unter allgemeinem Beifallsruf in den Lüften schweben
ließ.

Paul hätte keine Künstlernatur besitzen müssen, um
nicht die wechselnden Bilder und Figuren des Tanzes
mit Interesse zu verfolgen. Die sinnliche Lust des
Volkes hatte auch für ihn etwas Berauschendes, und
plötzlich sah er sich selbst unerwartet und ungesucht hineingezogen, als eine frische, braune Dirne, der es an
einem Tänzer mangelte, ihn ohne Weiteres bei der
Hand faßte und in den wirbelnden Reigen unwidersteh-
lich fortriß. Bald wurde der flotte Tänzer auch von
Andern verlangt, und da es weder rathsam noch schick-
lich gewesen wäre, zurückzutreten, sah er sich wider seinen
Willen festgehalten.

Wirth und Wirthin betheiligten sich nach der Sitte
des Landes an dem fröhlichen Getümmel, bald den
Gästen einschenkend, bald mit ihnen sich im Kreise
drehend. So kam es, daß auch die junge Frau zu
dem Maler sich gesellte und mit ihm Arm in Arm da-

hinschwebte. Das schöne Paar tanzte mit einer Anmuth
und Grazie, die unwillkürlich das Schönheitsgefühl selbst
dieser rohen Menge weckte. Ihre Bewegungen waren
weniger stürmisch, aber um so gefälliger, ohne darum
an Kraft zu verlieren. Mit niedergeschlagenen Augen
und züchtig verschämten Wangen umflatterte Vroni wie
eine Libelle leicht und ätherisch den Künstler, während
er durch einen gewissen ritterlichen Anstand den länd=
lichen Tanz zu adeln und in eine höhere Sphäre
ästhetischer und malerischer Befriedigung zu erheben
wußte. Nicht umsonst hatte er in Rom und Neapel
den Saltarello und Bolero, den italienischen Volkstanz,
in seiner höchsten Vollendung angeschaut und zu künst=
lerischen Zwecken studirt.

Um dem Meisterpaare zuzusehen, hörten die übrigen
Tänzer auf, selbst die Kartenspieler machten eine Pause,
legten die schmutzigen Blätter auf den Herd und stiegen
auf die Bänke und Tische, um das seltene Schauspiel
besser zu genießen. Ein eigener Zauber schien die
Beiden zu umschweben und von ihnen auf die An=
wesenden zurückzustrahlen, wie sie so in trunkener
Selbstvergessenheit gleich lichten Geistern, losgelöst von
dieser Erde, schwebten. Es war, als ob das Volk zum
Bewußtsein der eigenen Schönheit und Anmuth gelangte,

die sich nur zu oft bei ihm unter der rohen Form ver=
birgt, bis sie im günstigen Augenblick unerwartet glän=
zend, gleich der Sonne, die verhüllende Wolkenschicht
durchbricht.

Nur ein Mann theilte nicht die Bewunderung der
Menge, mit finsteren Blicken, von wilder Eifersucht ent=
flammt, verfolgte der tückische Wirth das schöne Paar.
Unheimlich leuchteten seine Augen, und nur mit Mühe
hielt er seine aufsteigende Wuth zurück. Zu spät be=
merkte Veronika die drohende Zornader auf der ge=
rötheten Stirn, und plötzlich, wie von einer bangen
Ahnung durchzuckt, ließ sie mitten im Tanze die Hand
des Künstlers los.

„Was fehlt Dir?" fragte er erstaunt.

„Seht Ihr nicht," flüsterte sie scheu, „meinen
Mann? Er kann es nicht leiden, wenn ich mit Andern
tanze. Ich fürchte mich vor ihm."

„Sei unbesorgt, ich werde Dich schützen!"

„Nein, nein! Es ist besser, wenn Ihr geht. Ich
kenne ihn und weiß, daß er etwas Böses im Schilde
führt. Wenn Ihr mir folgen wollt, so meidet die
Bergschenke, ehe Euch ein Unglück widerfährt."

„Ich bin mir keiner Schuld bewußt; wir haben
Beide kein Unrecht uns vorzuwerfen."

„Wenn auch. Ihr dürft nicht länger hier bleiben.
Eine ehrliche Frau muß auch den Schatten des Ver=
dachts vermeiden und ihren Ruf so rein halten wie ihre
Kleider. Ich bitte Euch darum, uns zu verlassen, nicht
allein um Euretwillen, sondern auch um meinetwillen;
je früher, desto besser."

„Gut! Wenn Dir ein Gefallen geschieht, so will ich
morgen früh aufbrechen."

Die kurze Unterredung wurde durch die Dazwischen=
kunft des eifersüchtigen Wirths unterbrochen, der seine
Frau rauh an der Hand faßte und mit sich fortriß.

„Da steht die Gans," sagte er mürrisch, „und
gackert und gackert, statt die Gäste zu bedienen, wie es
einer rechtschaffenen Wirthin zukommt."

Um nicht den brutalen, von Eifersucht und Wein
erhitzten Mann noch mehr zu reizen und vielleicht da=
durch einen Ausbruch roher Leidenschaft herbeizuführen,
zog es Paul vor, auf sein einsames Stübchen zu gehen,
wo ihn der Lärm der Tänzer und Zechenden, vermischt
mit dem Donner des sich jetzt entladenden Gewitters,
erst spät nach Mitternacht einschlafen ließ. Trotzdem
erwachte er, bevor noch der Morgen graute, eingedenk
seines Versprechens, die ihm längst verleidete Bergschenke
zu verlassen. So wenig er eine Gefahr für sich fürchten

mochte, so erkannte er doch die Nothwendigkeit seiner Entfernung, um nicht durch seine Gegenwart den ohne= hin zerrütteten Frieden des Hauses noch mehr zu stören, obgleich weder Veronika noch er selbst die geringste Ver= anlassung dazu gegeben hatten.

Die junge Wirthin erschien ihm in jeder Beziehung als bewunderungswürdiges Muster treuester Hingebung und Pflichterfüllung. Mit wahrhaft staunenswerther Geduld und Freundlichkeit ertrug sie die mürrische Laune des finstern Mannes, dessen tyrannische Willkür und Härte. Wenn Paul sie bedauerte, fand sie stets ein mildes Wort, einen guten Grund zur Entschuldigung.

„Ach!" sagte sie dann mit ihrem trüben Lächeln, „Ihr kennt nicht meinen Mann, sein Herz ist gut und er liebt mich nur zu sehr, wenn er auch manchmal finster und herrisch erscheinen mag. Das ist so seine Art, er kommt mir oft wie der ,Höllenkogel' vor, der so schwarz und mürrisch dreinschaut, wenn er seine Wolkenkappe trägt; dafür ist er um so schöner, wenn er heiter blickt, dann möchte man schier vor Seligkeit vergehen. Und brav ist er auch, nur die schlechten Gesellen, die sich zu ihm gefunden haben, tragen alle Schuld, aber er muß sie dulden, weil sie unsere einzigen Gäste sind und wir sonst nicht bestehen können. Sorge

und Kummer fehlen auch nicht und machen ihn manch=
mal unwirsch. Aber wenn er auch hundertmal schlimmer
und wenn er selbst der ärgste Verbrecher wäre, ich könnte
nicht von ihm lassen. Er ist einmal mein Mann, der
Vater meines Kindes, und ich hab' ihm Treue geschworen
bis in den Tod."

Diese Gründe bestärkten den Maler nur noch in
seinem Vorsatze, da auch er in letzter Zeit die Heiligkeit
der Familie nicht ohne schmerzliche Erfahrung achten
gelernt hatte. Bald waren seine geringen Habseligkeiten
gepackt und mit der Reisetasche in der Hand trat er
vor die Thüre der Bergschenke, wo ihn bereits Veronika
erwartete, um von ihm Abschied zu nehmen. Wider Er=
warten erklärte sie, daß sie ihn eine Strecke des Weges,
bis zu der „Moosalp", wo ihre Schwester als Sennerin
lebte, begleiten wollte.

Das Gewitter hatte sich ausgetobt, die Wolken ver=
zogen. Am Himmel stand die blasse Mondsichel, zitter=
ten die letzten, allmälig erblassenden Sterne. Noch
hüllte Berg und Thal der wogende Nebel wie ein
grauer Schleier ein, während im Osten die rosige
Morgenröthe das Nahen des Tages verkündigte. Ein
frischer Luftzug trieb das leichte Gewölk nach der Ebene
hin und theilte hier und da das dichte Nebelmeer, aus

dem plötzlich ein dunkler Fels oder eine grüne Bergspitze
wie eine Insel im Ozean auftauchte, um eben so schnell
wieder unter der wogenden Decke zu verschwinden.

Anfänglich führte der Weg durch Felder und Matten,
vorüber an zerstreuten Gehöften und einzelnen Häusern,
aus denen das Gebell eines wachsamen Hundes oder
das Geschrei eines Kindes den Wanderern entgegen=
schall e.

„Auch mein Bub'," sagte Veronika, „wird so weinen,
wenn er aufwacht und mich nicht finden wird. Aber
ich hätte es nicht über's Herz gebracht, Euch so allein
gehen zu lassen. Möget Ihr immer über meine Furcht
spotten, aber im Traum hab' ich Euch in großer Ge=
fahr gesehen und eine Stimme schien mir zuzurufen,
daß ich aufstehen und Euch retten sollte."

„Das nenne ich Freundschaft," scherzte der Maler.
„Aber fürchtest Du nicht, daß Dein Mann noch eifer=
süchtiger werden wird, als er ohnehin schon ist?"

„O, mit dem hat es keine Gefahr. Der ist gleich
nach Mitternacht mit dem rothen Friedel und den an=
dern Paschern wieder über die Grenze gegangen und
kommt erst in einigen Tagen zurück. Eben deßhalb hab' ich
Euch gebeten, fortzugehen, da ich nicht mehr mit Euch

allein bleiben wollte, um ihm jeden Grund zur Klage und Eifersucht zu nehmen."

„Er ist nicht werth, solch' ein braves Weib, wie Dich, zu besitzen."

„So dürft Ihr nicht sprechen, wenn wir länger gute Freunde bleiben sollen. Eine Frau, die über ihren eigenen Mann Schlechtes von einem Andern hört und das duldet, ist nicht werth, daß der Erdboden sie trägt. Darum bitte ich Euch, es sein zu lassen."

Paul schwieg, um die treue Freundin nicht noch mehr zu verletzen. Ohnehin nahm der immer steiler aufsteigende Weg seine ganze Aufmerksamkeit in An= spruch. Ueber trockenes Steingerölle führte jetzt der beschwerliche Pfad zur Höhe empor, Wiesen und Felder schwanden, die letzten Hütten entzogen sich dem Blick, alle Spuren menschlichen Anbaues blieben zurück, selbst die Bäume wurden seltener. Nur hier und da stieg wie ein verlorener Posten eine grüne Edeltanne auf, deren Zweige noch vom Gewitterregen dampften. Der auf= geweichte Boden machte das Gehen schwieriger, so daß der Fuß leicht ausgleiten und den unvorsichtigen Wanderer rettungslos in die Tiefe stürzen konnte; aber die junge Wirthin, welche jeden Stein, jeden Vorsprung kannte, war eine treffliche Führerin und reichte dem

Künstler ihre Hand, wenn eine besonders gefährliche
Stelle sich zeigte.

Mit ihrer Hülfe näherte sich Paul seinem Ziel, der
sogenannten „Moosalp", wo er bei der Schwester der
jungen Wirthin so lange verweilen wollte, bis er die
erwarteten Briefe und Nachrichten erhalten, deren pünkt=
liche Besorgung ihm Veronika versprochen hatte.

Unterdessen war die Dämmerung nach und nach
geschwunden und ein flammender Purpurstreif im Osten
verkündigte das Nahen des Tages. Aus dem goldenen
Gewölk stieg der feurige Sonnenball langsam, majestätisch
über den Bergen empor und verwandelte den ganzen
Himmel in ein Meer von Licht und Glanz. Die
Spitzen des Gebirges hoben ihre mächtigen Häupter
empor, mit einer Strahlenglorie gekrönt, während zu
ihren Füßen noch der dampfende Nebel wie eine dunkle
Riesenschlange lagerte. Bald aber zerriß der wallende
Schleier in flatternde Stücke und verschwand in den
Schluchten und Abgründen, wo er sich noch einmal zu=
sammenballte und an das triefende Gestein sich fest
anklammerte, bis ein frischer Windhauch ihn vollends
auflöste und aus seinem letzten Schlupfwinkel vertrieb.

Ungehindert ergoß sich jetzt der goldene Lichtstrom
von der Höhe herab, hier eine Felswand streifend, daß

sie wie eine stählerne Mauer erglänzte, dort den Wald
entzündend, daß er wie ein überirdisches Feuer flammte,
bald die grünen Matten verklärend oder den fernen
blauen See aufblitzen lassend, gleich einem schimmernden
Juwel.   .

Die Blicke des Künstlers schweiften entzückt im
weiten Kreis, flogen zum Himmel auf, senkten sich zur
Erde, durcheilten die Fernen und ruhten in der Nähe
aus.

Hier erschloß sich ihm ein nie geahntes Paradies,
wie er es selbst in seinen schönsten Träumen nie erblickt,
wie es seine reiche Phantasie nie ihm vorgezaubert.
Von einer riesigen Felswand beschirmt, überragt von
weißen Schneefeldern und Gletschern, lag die grüne
Moosalp vor seinen Augen, abgeschieden von der Welt,
wie ein unentweihtes Heiligthum der Natur. Die
üppigen Matten wurden von einem Waldbach durch-
strömt, der sich nur ungern von dem holden Ort zu
trennen schien. Blauer Enzian und rothe Alpenrosen
blühten an dem Rande und badeten ihre Wurzeln in
dem krystallhellen Wasser. Dicht daran, zwischen moosigen
Felsblöcken, stand die einfache Sennhütte, mit der Bank
vor der Thür und dem rauschenden Brunnen, beschattet
von wilden Sträuchern und duftenden Hollunderbäumen.

Ein unaussprechlicher Frieden, eine tiefe Ruhe lagern auf diesem Gottesflecken, als könnte ihn kein irdisch Leid erreichen, als müßte hier jede Verwirrung enden, jedes Unglück ihm fern bleiben.

„Wer hier leben und sterben könnte!" rief Paul unwillkürlich aus.

„Nicht wahr," versetzte seine Begleiterin, „es ist ein herziges Fleckchen, als wenn es geradenwegs vom Himmel herabgefallen wäre. Wie gern wollte ich mit meiner Schwester tauschen und die ganze Bergschenke für die einsame Alp hingeben. Aber mein Mann —"

Sie beendete nicht ihre Rede; wie von einer Geister-erscheinung erschreckt, stieß sie einen Schrei des Entsetzens aus. Unwillkürlich blickte Paul nach der Seite, wo plötzlich zwischen den Steinen sich die drohende Gestalt des Wirthes erhob.

„Was hast Du hier zu suchen?" fragte er mit unheimlichen Blicken und wilder Stimme.

„Ich wollte nur einmal noch meine Schwester sehen," versetzte die arme Frau mit Zittern.

„Deine Schwester?" sagte er bitter. „O, ich kenne Dich besser, lüderliches, gottvergessenes Weib!"

„Joseph!" schrie sie tief verletzt, „Du wirst doch nicht glauben, daß ich auf schlechtem Wege bin?"

„Ich glaube, was ich sehe, und das ist genug, um einen Menschen rasend zu machen."

„Um des Himmels willen, nimm doch Vernunft an und höre mich erst, eh' Du mich verdammst."

Im Eifer der Vertheidigung hatte sie den Arm des wüthenden Mannes ergriffen, um den Widerstrebenden fest zu halten; er aber riß sich zornig von ihr los und stieß sie mit roher Gewalt zurück, daß sie taumelnd zu Boden sank und im Fallen gegen einen hervorragenden Felsblock schlug. Ueber die weiße Stirn floß das rothe Blut Veronika's, welche längere Zeit ohne Besinnung am Boden lag. Obgleich der Künstler anfänglich vor-gezogen hatte, sich nicht einzumischen, um durch seine Dazwischenkunft den Rasenden nicht noch mehr zu reizen, so erzürnte ihn die rohe Mißhandlung seiner Begleiterin auf das Höchste.

„Ihr seid," rief er laut, „ein blutiger Tyrann und nicht werth, eine so gute Frau zu besitzen, für deren Treue und Ehrenhaftigkeit ich mich verbürgen kann."

„Hoho, der Verführer bürgt für seine Metze! Gut, mein Bürschlein, wir wollen unsere Rechnung auf der Stelle abmachen! Einer von uns Beiden muß und soll hier sterben."

Mit diesen Worten stürzte der Wahnsinnige sich auf
den überraschten Künstler, um ihn in den nahen Ab=
grund hinab zu schleudern. Aber Paul hielt seinen
grimmigen Anlauf aus und stemmte sich zum Glück
mit aller Kraft gegen ein Felsstück, das ihn vor dem
jähen Fall beschützte. Der verblendete Wirth jedoch
ließ nicht ab und faßte ihn von Neuem, um seinen
verbrecherischen Vorsatz auszuführen. Beide rangen mit
einander stumm, lautlos und kämpften einen Kampf
auf Leben und Tod, ein Naturduell eigenthümlicher
Art, im Angesicht dieser wilden Felsen und zerrissenen
Schluchten, die das Grab des Besiegten werden sollten,
ohne Zeugen, außer dem lauernden Adler in den Lüften
und dem ohnmächtigen Weib am Boden.

In stummer Wuth hatte der Wirth den Maler um
die Hüften gefaßt, indem er ihn von dem schützenden
Felsen fortzudrängen suchte. Gelang es, ihn zu ent=
fernen, so war dieser rettungslos verloren. Der brutalen
Kraft des Feindes setzte Paul seine ganze Gewandtheit
und geistige Ueberlegenheit entgegen, jede Blöße be=
nutzend, jede Bewegung des Gegners mit scharfem Auge
bewachend.

Durch den vorspringenden Stein gedeckt, wehrte
er die stürmischen Angriffe des Wirths ab und be=

hauptete seine Stellung, ohne einen Fußbreit zu weichen, gleichsam mit dem Boden verwachsen und feste Wurzel fassend.

Einen Augenblick schien der Wirth den Kampf aufgeben zu wollen oder aus Erschöpfung nachzulassen. Seine Arme wurden schlaffer, so daß der Künstler aufathmete und sich vollends aus der lastenden Umschlingung durch eine rasche Bewegung zu befreien und den Rasenden abzuschütteln hoffte. Um den nöthigen Raum für sein Vorhaben zu finden, sah er sich jedoch gezwungen, seine bisherige gesicherte Stellung aufzugeben und vorzutreten, so daß er sich kaum merklich von dem gleich einem Wall ihn beschirmenden Felsstück entfernte, hinter dem die grause Tiefe lauerte.

Der Wirth benützte nur diese beabsichtigte Täuschung, um mit verdoppelter Kraft seinen Gegner anzugreifen; ein schneller Stoß, gegen die Brust des Malers geführt, genügte, um ihm das Gleichgewicht zu rauben. Schon schwankte er, schon gähnte der Abgrund zu seinen Füßen, als es ihm noch einmal gelang, mit seltener Geistesgegenwart sich an einem überhängenden Strauch festzuklammern. So hing er zwischen Leben und Tod, nur durch den schwachen Ast gehalten, während seine Füße einen festen Halt suchten. Auch jetzt verließ ihn noch nicht die Besinnung, indem er einen festen Block bemerkte, der ihm leicht erreichbar schien, wenn er den Strauch, woran er sich klammerte, fahren ließ. Aber der tückische Stein, von der Last des Körpers in Bewegung gesetzt, rollte unaufhaltbar in die schwindelnde Tiefe, den Verlorenen mit sich reißend.

Ein gellender Schrei, dann tiefe, grauenvolle Stille! Der Verbrecher hörte sein eigenes Herz schlagen; er wollte fliehen, aber die aus ihrer Ohnmacht erwachte Veronika hielt ihn fest.

„Mörder!" rief sie mit harter Stimme.

„Mörder!" hallte das Echo aus der zerrissenen Schlucht.

„Mörder!" tönte es von Fels zu Felsen.

XI.

Auf einer jener wunderbaren Terrassen, am Ufer des Meerbusens von Sorrent, lag versteckt in einem Walde von Orangen= und Olivenbäumen eine weiße Villa, mit der entzückenden Aussicht über das blaue

Meer und seine klassischen Ufer. Unter der luftigen
Veranda, von rankendem Wein vor den Strahlen der
Sonne geschützt, saß im leichten Morgengewande eine
schöne Frau, zu deren Füßen ein Kind, dem jungen
Bacchus gleich, sich jauchzend auf dem bunten Teppich
in Gesellschaft eines prächtigen Neufunbländers wälzte.

Es war ein entzückendes Bild menschlichen Glückes,
die holde Mutter, der reizende Knabe, von dem treuen
Hunde bewacht, das Alles eingerahmt von grünen
Weinblättern, beleuchtet von der goldenen Sonne Ita=
liens, erfrischt und gewürzt von den kühlenden Meer=
winden, und überwölbt von dem ewig heiteren, wolken=
losen Himmel des Südens.

Plötzlich spitzte der Hund die Ohren, wedelte mit
dem Schweife und ließ sein lautes Gebell erschallen, die
längst erwartete Ankunft des Herrn ankündigend. Die
schöne Frau erhob sich und ging lächelnd dem heim=
kehrenden Gatten wenige Schritte bis an die Thür des
Gartens entgegen, auf ihren Armen die süße Bürde
des starken Knaben tragend, begleitet von dem treuen
Thier, das mit lustigen Sprüngen seine Freude auszu=
drücken suchte.

Aus dem schattigen Laubgang trat ein gebräunter
Mann, die schlanke kräftige Gestalt nur durch ein leich=

tes Hinten entstellt, mit eblen, Vertrauen erweckenden
Zügen, hoher Stirn und leuchtenden Augen. Nur ein
aufmerksamer Beobachter hätte vielleicht in dem geist=
vollen Gesicht noch die Spuren körperlicher und geistiger
Leiden aus früherer Zeit, die schweren Kämpfe eines
durch vielfache Prüfungen geläuterten Charakters erkannt,
in leichten Furchen der Stirn und Schläfe, ober im
schmerzlichen Lächeln des feinen Mundes sich unwillkür=
lich verrathend.

Aber in diesem Augenblick war selbst die leiseste
Erinnerung an die traurige Vergangenheit geschwunden
und eine unaussprechliche Glückseligkeit hatte die letzten
Spuren derselben verwischt.

Mit strahlenden Blicken, mit heiterem Gruß um=
armte er die schöne Frau, während er das jauchzende
Kind hoch emporhob und zärtlich küßte.

„Du hast mich lange mit dem Mittagstisch warten
lassen, böser Mann!" schmollte zärtlich die Frau.

„Verzeihe, wenn ich Dich warten ließ. Dafür komme
ich auch nicht allein, ich bringe Dir liebe Gäste mit."

Zugleich deutete er auf zwei ältere Herren, welche
die glückliche Gattin über der Rückkehr des geliebten
Mannes übersehen hatte, und die jetzt hinter einem
blühenden Oleanderbusch hervortraten.

„Graf Bardenfels!" schrie sie überrascht.

„Und sein getreuer Schatten," fügte der alte Sänger hinzu. „Wir wollten uns doch mit eigenen Augen überzeugen, daß Paul lebt und glücklicher ist, als er es verdient."

„Du hast das rechte Wort gesprochen," versetzte der Maler, indem er die Freunde aufforderte, in den kühlen Speisesaal zu treten, wo sie die Hausfrau mit einem bescheidenen, aber durch Geist und Gemüth gewürzten Mahle empfing. Gegen den Schluß desselben ließ der Künstler aus seinem Keller zwei Flaschen Johannis=berger, im Schnee des Vesuvs gekühlt, auf den Tisch setzen, worauf die schöne Frau die grünen Römer füllte.

„Laßt uns," sagte Paul mit gehobener Stimme, „im vaterländischen Weine die Stunde des Wiedersehens zugleich mit dem Tage meiner seltsamen Rettung feiern. Es leben die Frauen, es leben die Freunde, denen ich mein Leben zu verdanken habe."

Hell wie Glockengeläute erklangen die Gläser, als die Anwesenden damit anstießen.

„Der Duft des herrlichen Rheinweins," fuhr der Künstler fort, „erweckt die alten Erinnerungen von Neuem. Ich sehe mich, wie vor Jahren, wieder am

Fuße der Moosalp, vom jähen Fall betäubt und mit
zerschmetterten Gliedern. Veronika und ihr reuiger
Mann trugen mich zu der einsamen Sennhütte, wo ich
vier Wochen lang mit dem Tode kämpfte. Die treue
Frau pflegte mich, vereint mit ihrer Schwester, wie
einen Bruder, sie wachte an meinem Lager, und als
mein Zustand immer gefährlicher wurde, benachrichtigte
sie die fernen Freunde, welche mich aufsuchten und nach
Lindensee schafften, wo ich unter den Händen des tüch=
tigen Arztes, wenn auch langsam, meine Genesung fand.
Heute segne ich die Leiden, aus denen mein schönstes
Glück erblühte, segne ich die Todesgefahr, die mir ein
neueres, besseres Leben schenkte. Auf meinem Schmer=
zenslager lernte ich die Hingebung, Opferfreudigkeit, die
wunderbare Treue, die himmlische Liebe kennen, deren
nur ein Weib fähig ist. Ein Engel erschien mir, ein
göttlicher Bote neigte sich zu dem Kranken herab, kühlte
seine Wunden, besänftigte den irren Geist und goß
Freude, Trost und Versöhnung in das zerrissene Herz.
Und dieser Engel ist mein Weib, mein innig geliebtes
Weib, meine Clara!"

„Sie lebe hoch!" rief der Sänger, „die Krone der
Frauen, der Engel der Liebe!"

Hold erröthend verneigte sich die Gefeierte, indem sie mit anmuthigem Lächeln dankte und dem noch immer galanten Carlos die Hand zum Kusse reichte.

„Nicht mir," sagte sie, „sondern Ihnen und vor Allem dem Grafen dankt Paul zunächst seine Rettung. Selbst noch leidend, trieben Sie zur Eile und sorgten, daß der Verwundete nach Lindensee gebracht und der Pflege des Arztes übergeben wurde. Noch kämpfte ich mit meinem Stolz, noch schwankte ich zwischen Liebe und Vorurtheil, als ich von seinem Unfall hörte. Da erst wußte ich, daß und wie stark ich ihn liebte. Der Arzt zweifelte an seiner Genesung, da in Folge des furchtbaren Sturzes sein Gehirn erschüttert, sein Geist gestört war. „Nur ein Wunder kann ihn retten und ihm die Vernunft wieder geben, sagte der Doktor zu mir. Und dieses Wunder kann nur die Liebe bewirken, fügten Sie, Herr B..., hinzu. Ich kämpfte einen schweren Kampf mit mir, ehe ich den folgenreichen Entschluß faßte. An Ihrer Hand trat ich an das Lager des Kranken, der in wilden Fieberträumen lag. Ich sah seine Qualen; ich hörte ihn meinen Namen in glühenden Phantasieen nennen, hörte das Geständniß seiner Liebe, abwechselnd mit dem Bekenntniß seiner Schuld, ohne daß er von meiner Nähe eine Ahnung hatte. Da

schmolz mein Stolz dahin, alle Vorurtheile schwanden,
ich wußte nur, daß ich ihn retten wollte, ihn retten
mußte um jeden Preis."

„Und als ich endlich aus der Geistesnacht erwachte,"
fuhr der Maler fort, „als ich Dich an meinem Lager
sah, glaubte ich noch fortzuträumen, ich sprach zu Dir
wie zu einem seligen Geiste, und alle meine Liebe für
Dich brach mit einem Male wie ein ungestümer, Alles
besiegender Strom hervor. Erschreckt von meiner Hef=
tigkeit, wolltest Du fliehen, ich aber hielt Dich fest;
doch ich war zu schwach, die Mattigkeit überwältigte
den aufgeregten Geist, unwillkürlich schlossen sich meine
Augen, ich träumte weiter von Dir, bis ich zu neuem
Leben erwachte. Nach mehrstündigem tiefen Schlum=
mer, den ich schon seit Wochen entbehrte, schlug ich die
Augen auf, mein Bewußtsein war zurückgekehrt, ich er=
kannte die Freunde, erkannte den Arzt, der mit trium=
phirender Miene an meinem Bette stand und unwander=
bar flüsterte: Er ist gerettet!"

„Gerettet und genesen für immer," fügte Graf Bar=
denfels hinzu, „im doppelten und wahren Sinn, kör=
perlich und geistig, aus den Banden der Krankheit und
den Verirrungen des Lebens."

Eine heilige Stille folgte, erfüllt von ernsten Be=
trachtungen und Erinnerungen, bis mit feinem Takt
die freundliche Wirthin die wehmuthsvolle Pause un=
terbrach.

„Jetzt aber," sagte sie, zu den Gästen gewendet,
„lassen Sie uns von der Heimath sprechen, aus der
Sie kommen. Erzählen Sie uns vor Allem von un=
sern Angehörigen im Vaterlande. Wir erhalten zwar
von Zeit zu Zeit Briefe von Leon und Antonie, aber
ich sehne mich, von Ihnen selbst zu hören, ob sie glück=
lich sind."

„Auch an Leon," versetzte der Graf, „hat die Liebe
ihre Wunderkraft erprobt. Ich habe ihn nur zu seinem
Vortheil verändert gefunden, obgleich er noch immer
etwas blasi.. und egoistisch mir erscheint. Sein Egois=
mus jedoch ..ht ihn zum Muster eines guten Ehe=
manns, ind... er seine Selbstliebe auf seine Familie,
auf W... und Kind übertragen hat, für die er mit
anerke.. ..swerther Anstrengung jetzt sorgt und ar=
beitet. Aus einem leichtsinnigen und verschwenderischen
Dandy ist er ein tüchtiger Geschäftsmann geworden,
dessen Verdienste die Regierung vor einigen Monaten
durch die Ernennung zum Legationsrath anerkannt hat.
Im Uebrigen bekommt ihm das ruhige, häusliche Leben

so gut, daß er eine kleine Neigung zum Embenpoint zeigt."

„Und meine Schwester?" fragte Paul.

„Ist die niedlichste, charmanteste Hausfrau geworden, die man sich nur denken kann. Sie blickt noch immer mit Bewunderung zu ihrem Manne empor, trotzdem kennt sie seine kleinen Schwächen und beherrscht ihn, ohne daß er eine Ahnung davon hat. Mit der Frau Staatsräthin, die im Hause ihres Sohnes wohnt, steht sie auf dem besten Fuß. Beide vergöttern und verziehen ein kleines Ebenbild Antoniens, das die Groß= mutter nicht aus ihren Armen läßt."

„Verzeihen Sie," sagte Clara lächelnd, indem sie sich von ihrem Stuhl erhob, „Ihre Mittheilungen er= innern mich an meine Mutterpflicht. Ich muß mich auf einige Augenblicke entfernen, um nach meinem Sohn zu sehen, den ich Ihnen nach seinem Mittagsschlaf in aller Form vorzustellen wünsche."

Nachdem Clara das Zimmer verlassen hatte, rückten die Männer traulicher zusammen und füllten von Neuem ihre Gläser, die sie auf das Wohl der herrlichen Frau leerten, indem sie das Glück des Malers priesen. Paul aber verlangte es, noch mehr von der Heimath und

vor Allem von Veronika zu hören, für die er die in=
nigste Dankbarkeit empfand.

„Sie ist mit ihrem Manne vollkommen ausgesöhnt,“
berichtete der Graf. „Beide leben auf einer kleinen Be=
sitzung, die ein nur ihnen bekannter Wohlthäter für sie
angekauft, nachdem sie die verfallene Bergschenke aufge=
geben. Seit jener Katastrophe ist der Mann wie um=
gewandelt, das Bewußtsein seiner Schuld hat ihn mil=
der und freundlicher gemacht, so daß er das brave
Weib förmlich auf Händen trägt. Seitdem er sein
Unrecht erkannt, läßt er sich von ihr willig leiten und
befolgt in allen wichtigen Angelegenheiten ihren Rath.
Hauptsächlich auf ihren Wunsch hat er alle seine Ver=
bindungen mit den verrufenen Paschern und Wilddieben
aufgegeben, wie mir Veronika mittheilte, als ich sie
zum letzten Male in Lindensee sah. Sie hat mir un=
zählige Grüße aufgetragen und im Vertrauen den Na=
men ihres Wohlthäters genannt, dem sie ihr neues
Glück zu danken hat.“

„Ich konnte nicht weniger für die unvergeßliche
Freundin thun, die mit Lebensgefahr mich vor'm siche=
ren Verderben bewahrt und wie eine Schwester auf der
Moosalp gepflegt hat. Sobald ich in die Heimath zu=
rückkehre, will ich sie besuchen und mich an ihrem Glück

erfreuen. Sie hat es reichlich um mich verdient, da sie nicht allein mir beigestanden, sondern mich den hohen Werth einer treuen, tugendhaften Frau erkennen ließ. Die schlichte Bäuerin hat nicht nur mit Worten, sondern durch die That mich wunderbar bekehrt und belehrt."

Bisher hatte Keiner der Anwesenden die schöne Sängerin erwähnt und auch Paul es vermieden, nach ihr zu fragen. Erst im ferneren Laufe des Gespräches wagte er mit einer natürlichen Scheu ihren Namen zu nennen. Als aber der Graf sowohl, wie auch Carlos über sie ein ernstes Schweigen beobachteten, verlangte er, von bangen Ahnungen erfüllt, Nachricht über ihr Geschick.

„Leonore," erwiederte der Alte zögernd, „die arme Leonore!"

„Sag', was ist mit ihr geschehen?" fragte der Maler.

„Sie ist — todt!"

„Todt!" rief Paul tief erschüttert und schmerzlich bewegt.

„Sie starb einsam und verlassen, nachdem sie zuvor noch einmal die Bühne, leider ohne Erfolg, betreten hatte. So sehr auch ihr Spiel bewundert wurde, so hatte ihre Stimme nur zu sehr gelitten, so daß ein

Fiasko unausbleiblich war. Sie konnte und wollte ihre
Niederlage nicht ertragen. Der Gedanke an die unaus=
bleibliche Noth, an das traurige Alter, an den Verlust
ihrer Schönheit, trieben sie zur Verzweiflung. Eines
Tages fand man ihre Leiche —"

„Unglückseliges Weib!" rief Paul und bedeckte sein
Gesicht, um die unwillkürlich hervorströmenden Thränen
der Reue und der Trauer um das Andenken des ver=
lorenen Weibes zu verbergen.

In diesem Augenblick erschien Clara, strahlend von
Glück und Freude, auf den Armen das jauchzende Kind,
die runden Wangen vom Schlaf geröthet, gleich einer
Rosenknospe neben der aufgeblühten Centifolie.

Wie Wolken vor der Sonne schwanden die finsteren
Schatten von der Stirn des Malers, während er seiner
Frau die Hand reichte und den lachenden Knaben an
sein Herz drückte.

Im Hause der Bonaparte.

I.

An einem wunderbar schönen Oktobertage des Jahres 1823, wie ihn nur der milde Himmel Italiens kennt, gingen zwei junge Künstler durch die Straßen Roms, um in einer der zahlreichen Osterien vor dem Thor eine frische Foglietta zu leeren und sich zugleich an der Aussicht auf die herrliche Landschaft und an dem lustigen Treiben des Volkes zu ergötzen.

Während der Jüngere, der Victor Schnetz hieß, seine französische Leichtblütigkeit nicht verleugnete, verriethen die mehr interessanten als schönen Züge seines älteren Begleiters, Namens Leopold Robert, einen tiefen, fast melancholischen Ernst, der sich auch in der geführten Unterhaltung kundgab.

„Ich weiß nicht," sagte er, „was mich bei dem Anblick Roms so traurig stimmt und mir das Herz zusammenschnürt."

„Und doch," erwiederte sein Freund, „gibt es keine schönere, keine interessantere Stadt der Welt."

„Schön, wie die Leiche eines geliebten Weibes, wie die trauernde Niobe, die um den Verlust ihrer Kinder klagt, erhaben, wie der zu Stein gewordene Schmerz."

„Was Du für seltsame Gedanken hast! Ich glaube fast, daß Du, wie die meisten Schweizer, an jener eigenthümlichen Krankheit leidest, die man Heimweh nennt."

„Wohl sehne ich mich nach meinen blauen Bergen, nach dem Hause meiner Eltern —"

„Und nach einem schönen Kinde, nach der Geliebten, die Du in La=Chaux=de=Fonds zurückgelassen hast."

„Ich habe keine andere Geliebte, als meine Kunst," versetzte Leopold Robert, den Scherz des Freundes fast heftig abweisend.

„Das muß wohl wahr sein, denn Keiner von uns Allen arbeitet so fleißig wie Du und sitzt so unablässig an seiner Staffelei. Wenn ich Dich nicht heute mit Gewalt entführt hätte, so würdest Du noch immer an Deinem Bilde weitergemalt haben bis zur dunklen Nacht. Wenn Du es so forttreibst, mußt Du Dich zu Grunde richten und Deine Gesundheit aufreiben. Ich wundere mich gar nicht, daß Du bei einem solchen Leben melancholisch wirst."

„Und doch bin ich noch weit entfernt von meinem Ziel!" seufzte Robert.

„Zum Henker," erwiederte sein Freund, „Du wirst mich noch ganz ärgerlich machen mit Deinen ewigen Klagen. Bist Du nicht der beste Schüler unseres Meisters David, malst Du nicht so gut und noch weit schöner als wir Alle? Hast Du Dir nicht durch Dein Talent Freunde und Gönner erworben, welche Deine Bilder nicht nur loben, sondern auch kaufen und baar bezahlen? Mensch, ich begreife nicht, was ein Künstler noch mehr verlangen kann."

„Das Alles genügt mir nicht. Ich fühle meine Ohnmacht, mich verzehrt die Sehnsucht nach einem un= erreichbaren Ideal der Kunst."

„Ah, Du willst ein neuer Rafael oder Correggio werden, die Welt mit Deinem Ruhm erfüllen. Laß Dir, wenn ich Dir rathen darf, diesen Gedanken ver= gehen. Wen und was sollen wir denn malen? Unsere Helden sind tapfere Unteroffiziere, unsere Staatsmänner blasirte Diplomaten, unsere Handelsfürsten jüdische Krämer und Börsenspekulanten. Was kann diese Misère dem Künstler bieten?"

„Du vergißt das Volk, in dem noch immer die Poesie der Schönheit lebt."

„Das Volk," erwiederte Schnetz verächtlich, „daran habe ich gar nicht gedacht. Das giebt höchstens ein Genrebild oder eine Caricatur."

„Und doch findest Du allein im Volke die ewigen Typen des Künstlers, wirklichen Charakter, Wahrheit und Natur, welche Du in den höheren Ständen vergebens suchst. Unter den Frauen des Volkes hat Rafael seine unsterblichen Madonnen, unter den Männern die erhabenen Gestalten seiner Apostel erblickt. Derselbe Quell fließt auch für uns in seiner unerschöpflichen Fülle, wenn auch verborgen in der Tiefe, so daß er sich dem gewöhnlichen Auge entzieht. Glücklich, wer ihn findet und aus ihm Erquickung für sich und seine Zeitgenossen schöpfen darf!"

Unter diesen Gesprächen waren die Freunde unbemerkt zu den sogenannten Termini, den Ruinen altrömischer Bäder, gelangt, die jetzt zum Gefängnisse für Diebe und Mörder dienten. Die Prachtbauten eines Diocletian, früher die Bewunderung der Welt, der Mittelpunkt des kaiserlichen Luxus, wurden jetzt von elenden Verbrechern bewohnt, welche unter der Aufsicht bewaffneter Sbirren und Gensd'armen in dem offenen Hofe mit verschiedenen Arbeiten im Freien beschäftigt wurden.

Unwillkürlich blieb Leopold Robert stehen, gefesselt von dem interessanten Schauspiel, das sich den Blicken des Künstlers hier unerwartet darbot. Die meisten dieser Gefangenen zeichneten sich durch ihre klassischen Gestalten, durch ihre elastischen Bewegungen und durch ihre männlich schönen Züge aus. In diesen dunklen Augen blitzte das alte Heldenfeuer, in den wilden kühnen Linien des antiken Profils verrieth sich eine angeborene Thatkraft, ein unbezwingbarer Muth, eine zwar rohe, aber gewaltige Energie und todesverachtende Entschlossen= heit. Ein Abglanz vergangener Größe schien diese ent= arteten Enkel der weltbezwingenden Roma zu umschweben, so daß sie selbst noch in ihrer jetzigen Ve.kommenheit die Theilnahme des Künstlers erweckten.

„Wer sind diese Leute?" fragte er einen der be= waffneten Wächter.

„Briganten aus Sonnino, Eccellenza," versetzte der höfliche Sbirre in Erwartung eines Geldgeschenkes.

„Und was haben sie verbrochen?"

„Die Herren müssen wohl Fremde sein, sonst würden sie wohl wissen, daß Sonnino das ärgste Räubernest, nicht nur im Kirchenstaat, sondern auf dem ganzen Erdboden ist. Der dritte Mensch gilt dort für einen Dieb oder Mörder und hat mehr Verbrechen auf der

Seele, als selbst der heilige Vater vergeben kann. Die Schelme haben es zu arg getrieben und waren sogar so frech, sich an Seiner Eminenz dem Cardinal und Staatssekretär Consalvi zu vergreifen. Es klingt un= glaublich und doch ist es wahr, daß der verruchte Gasparone mit seiner Bande der Eminenz auflauerte und sie so lange gefangen hielt, bis sie sich mit einem schweren Lösegeld befreite."

„Das ist nur in Rom möglich," bemerkte Schnetz lachend. „Ich hätte das Gesicht des Herrn Cardinals sehen mögen, als er die Bekanntschaft der Briganten in eigner Person machte, nachdem diese zahllose Reisende ungestört geplündert hatten."

„Seine Eminenz," versetzte der Sbirre, „war natür= lich außer sich und bewog den heiligen Vater, ein Exempel zu statuiren. Die päpstlichen Carabinieri mußten gegen Sonnino ausrücken, aber das nützte Alles nichts, da sie den Räubern in den engen Fels= schluchten nichts anhaben konnten. Wo sie sich zeigten, wurden sie von den Briganten mit blutigen Köpfen heimgeschickt, so daß sie unverrichteter Sache nach Rom zurückkehrten. Jetzt aber ging dem heiligen Vater die Geduld aus, und er schwur am Grabe des Apostels, der Sache ein Ende zu machen. Da geschah ein Wunder."

„Ein wirkliches Wunder?" fragte spöttisch Schnetz.

„Ein französischer Wachtmeister, der unter dem großen
Napoleon gedient hatte, erbot sich, mit Hülfe der heiligen
Jungfrau die Häupter der Briganten zu fangen, was
ihm auch gelang. Als erst die Führer beseitigt waren,
mußte sich das Gesindel auf Gnade und Ungnade er=
geben. Die meisten wurden hingerichtet und ihre Köpfe
zum abschreckenden Beispiel auf die Thore von Sonnino
gepflanzt, wo Ihr noch heut' die gebleichten Schädel
sehen könnt, wenn es Euch Vergnügen macht. Um aber
gründlich aufzuräumen, beschloß der heilige Vater, das
ganze Räubernest zu zerstören, indem er die Häuser
der Schuldigen dem Boden gleich machen und alle
übrigen Briganti, das heißt mehr als zwei Drittel der
Einwohner, nach Rom und Porto d'Anzio transportiren
ließ, wo sie, wie Ihr seht, jetzt ihr Verbrechen auf den
Galeeren und im Gefängnisse büßen."

Für die Auskunft des Sbirren dankend, wollte sich
Leopold Robert wieder mit seinem Freunde entfernen,
als plötzlich ein durchdringender Schrei seine Aufmerk=
samkeit erregte, so daß er sich noch einmal umwandte.
Vor seinen Blicken stand eine Frau von überraschender
Schönheit, die noch durch die kleidsame Tracht der
römischen Landbewohner gehoben wurde.

Aus dem rothen, halbgeöffneten Mieder schimmerte der klassische, üppige Nacken wie edle Goldbronze, umspielt von den ungebändigten Locken des dunkelschwarzen Haares, das von einem blinkenden Metallpfeil durchstochen und zusammengehalten wurde.

Die fein modellirte Stirn mit den geschwungenen Augenbrauen von der Farbe des Ebenholzes, die zart gebogene Adlernase, die Gluth der tiefen Augen, welche schwarzen Demanten oder brennenden Kohlen glichen, der üppig schwellende Mund erinnerten den Künstler unwillkürlich an das herrliche Bild der „Fornarina", der schönen Geliebten, welche Rafael's Meisterhand in dem Palazzo Barberini verewigt hat. Es war dieselbe sinnlich=reizende Erscheinung, nur hier durch einen eigenthümlich strengen Ausdruck der Physiognomie, durch eine Beimischung wilder Leidenschaftlichkeit gehoben.

„Francesco, mein Geliebter!" schrie das Weib, indem es sich in die Arme eines der Gefangenen stürzen wollte.

„Zurück!" gebot der bewaffnete Sbirre, die Frau fortstoßend.

„Im Namen der heiligsten Madonna," flehte sie mit rührender Stimme, „habt Mitleid mit einer armen Frau, die nur ihren unglücklichen Mann sehen will!

Ich bin zu Fuße den weiten Weg von Sonnino ge=
kommen, um ihn nur einen Augenblick an mein Herz zu
drücken. Ich schmachte nach ihm, wie ein Sterbender
nach der himmlischen Speise des Sakramentes. Könntet
Ihr so grausam sein und mich vergebens bitten lassen?
Ich will ihm ja nur ein Wort sagen, nur die Hand
reichen und dann weiter gehen und Euch segnen."

„Es ist nicht erlaubt," brummte der Sbirre barsch,
dem weniger an dem Segen der armen Frau, als an
einem klingenden Beweise ihrer Dankbarkeit zu liegen
schien.

Verzweiflungsvoll blickte die Frau bald auf den un=
barmherzigen Sbirren, bald auf den gefangenen Mann,
der vor ohnmächtiger Wuth mit den weißen Zähnen
wie ein gefesseltes Raubthier knirschte und flammende
Blitze auf den frechen Peiniger schleuderte. Plötzlich
von einem Gedanken durchzuckt, riß sie den werthlosen
Metallpfeil aus den schwarzen Haaren, welche gleich
einem dunkeln mächtigen Strom über den gebräunten
Nacken flutheten.

„Nehmt," rief sie, dem Sbirren ihren einzigen
Schmuck mit der Würde einer gefallenen Königin hin=
reichend, „das ist Alles, was ich besitze."

„Und hier sind meine Ohrringe von echten Koral=
len,“ sagte ihre jugendliche Begleiterin, die, bisher
hinter einem Marmorblock verborgen, plötzlich hervor=
trat, um ihre Bitten mit denen der älteren Schwester
zu vereinigen.

Aber selbst dies neue Opfer prallte an der Brust
des mitleidslosen Sbirren ab, welcher verächtlich die dar=
gebotenen Gaben, weniger aus Pflichtgefühl, als wegen
ihrer Geringfügigkeit, zurückwies.

„Denkt das Gesindel,“ fügte er hinzu, „daß ich
wegen einer solchen Lumperei mir Händel mit dem
Hauptmann zuziehen werde, um einen unechten Pfeil
oder um ein Paar Ohrgehänge, die keine zwanzig
Bajocchi werth sind. Da müßte ich ja ein rechter Narr,
ohne Witz und Verstand sein.“

„Wenn ich aber noch drei Scudi hinzulege,“ fragte
jetzt unerwartet Robert, den der ganze Auftritt auf das
Tiefste erschüttert hatte, „wollt Ihr dann noch der armen
Frau den Wunsch versagen?“

„O,“ versetzte der würdige Wächter der Gerechtig=
keit, „ich bin nicht so grausam, wie Excellenza glauben.
Man ist ein Christenmensch und hat auch ein Herz,
aber drei Scudi reichen nicht hin, all’ die Unannehmlich=
keiten aufzuwiegen, denen ich mich aussetze. Auch muß

ich mit dem Hauptmann theilen. Sagt vier Scudi, und ich will ein Auge zudrücken.“

„Meinetwegen vier Scudi!“ erwiederte der Künstler, während ein seltenes Lächeln seine ernsten Züge erhellte.

Ohne die Erlaubniß des Sbirren abzuwarten, eilte die Frau des Gefangenen in die Arme ihres Mannes, den sie mit südlicher Lebendigkeit unter Lachen und Weinen umschlang und mit wilder Glut an den hochklopfenden Busen drückte. Plötzlich aber sich von ihm losreißend, ergriff sie die Hand des Gatten, und Beide traten vor den großmüthigen Maler, um ihm mit überströmender Herzlichkeit zu danken.

„Eccellenza,“ sagte das Weib des Briganten. „Wir werden noch in unserer Todesstunde an Euch denken. Unser Leben, unser Blut sind Euch geweiht. Wenn mein Francesco wieder frei sein wird, so braucht Ihr nur zu rufen, und er wird kommen, um zu thun, was Ihr von ihm verlangt.“

„Ja, das will ich,“ bekräftigte der Räuber mit einer charakteristischen Bewegung des wie zum Stoße ausholenden Armes. „Wenn Ihr dann einen Feind habt —“

„Die Engel haben keine Feinde," flüsterte das junge Mädchen, mit strahlenden Augen zu dem Künstler wie zu einem Heiligenbilde emporblickend.

Um sich den ihm lästigen Danksagungen zu entziehen, entfernte sich Robert an der Seite des Freundes, obgleich er nicht verhindern konnte, das Francesco ihm ein lautes „Evviva!" nachrief, in das die sämmtlichen Gefangenen aus voller Kehle einstimmten.

„Ich gratulire Dir," scherzte der Begleiter, „zu Deinen neuen Freunden. Ich glaube in der That, daß Signore Francesco keinen Anstand nehmen würde, Dir mit einem guten Dolchstoß seinen Dank abzustatten, wenn Dir ein Kritiker einmal zu nahe treten sollte. Noch mehr beneide ich Dich um die Erkenntlichkeit der beiden Frauen. Welche prächtige Gestalten! Besonders die Aeltere mit den flammenden Pechfackeln der Augen und den schwarzen Löwenmähnen. Gott Gnade Deinem armen Herzen!"

„Du kannst meinetwegen ganz unbesorgt sein," lächelte Robert.

„Dann ziehst Du also die Jüngere vor; das schüchterne Reh mit den braunen Gazellenaugen und den feinen schmächtigen Gliedern hat es Dir angethan. Wie es scheint, liebst Du die vielverheißende Knospe mehr, als die aufgeblühte Centifolie, während es mir umgekehrt behagt. Nun, de gustibus non est disputandum!"

„Weder die Eine, noch die Andere," versetzte der Maler gedankenvoll. „Du irrst Dich, ich habe nur ge= funden, was ich mit Sehnsucht bisher gesucht — die Ideale meiner künftigen Bilder."

„Das übersteigt meine Fassungskraft. Diese Räuber, Diebe, Mörder, das Gesindel des Bagno sollten im Ernst Deine Ideale sein? Ich glaube in der That, daß Du Dich nur über mich lustig machen willst."

„Allerdings scheinen mir diese Briganten, trotz ihrer Lumpen, mit all' ihrer Wildheit und Verkommenheit, als die letzten Zeugen einer großen Vergangenheit. Glich nicht jener alte Räuber, der schmerzversenkt sich auf den schweren Marmorblock stützte, einem Marius auf den Trümmern von Carthago? Schlang nicht der dunkle Krauskopf seinen zerrissenen Mantel mit der Würde eines römischen Senators um seine braunen Schultern, und blitzten nicht aus den Augen dieses Francesco der Heldenmuth und der wilde Trotz der alten Welteroberer?"

„Und diese Welteroberer sind jetzt gemeine Spitz= buben, welche in ihren Schlupfwinkeln Dir auflauern und Dir die Kehle abschneiden, wie dieser Gasparone, der sich rühmt, mit eigener Hand siebenundneunzig Mordthaten verübt zu haben."

„Es ist nicht die Schuld dieses Geschlechtes, daß es so tief gesunken ist. Eine elende, jammervolle Regierung trifft allein der Vorwurf einer so furchtbaren Entartung, dieser Demoralisation. Mir sind Züge von Edelmuth unter diesen Räubern bekannt, welche an die schönen Tage der Heroenzeit uns mahnen. Wenn Du diese zwar rohen und verwilderten, aber kraftvollen Söhne des Waldes mit den jetzigen Nobili, mit einer durchaus blasirten und innerlich faulen Gesellschaft, mit dem ent= nervten, von allen Lastern der Civilisation befleckten Adel Roms vergleichst, so wirst Du zugeben müssen, daß sie besser sind, als ihr Ruf, und unsere Theilnahme verdienen."

Der Schall der rasselnden Tamburins und der Klang der Mandolinen, welche aus der nahen Vigne ihnen entgegentönten, unterbrachen das ernste Gespräch der Freunde, die unter einer Weinlaube Platz nahmen und von dem geschäftigen Wirthe bedient wurden. Bald gesellten sich Bekannte, meist Künstler, wie sie selbst, und Zöglinge oder Pensionaire der französischen Akademie zu ihnen, so daß die Unterhaltung eine allgemeine

Wendung nahm. Man lachte, scherzte und mischte sich unter das fröhliche Volk, welches hier im Freien die sogenannten Oktoberfeste feierte.

Nur Robert hielt sich fern von dem lustigen, lär= menden Treiben, so daß er mit seinen Gedanken und künstlerischen Träumen bald allein blieb. Unterdessen war die Dämmerung mit jener jähen Schnelligkeit ein= getreten, die dem Süden eigenthümlich ist. Am dunklen Himmel leuchtete der stille Mond, dessen Silberstrahlen die dunkle Laube erhellten. Von Zeit zu Zeit schoß aus den Weinbergen eine feurige Rakete empor, gleich einem glänzenden Sterne in den Lüften schwebend und allmählich verglühend. Aus der Ferne schallte gedämpft der Ton der Musik und das Jauchzen der Tänzer.

Vor Robert's Seele schwebten die Bilder der ge= fangenen Räuber, die Erinnerung an jene beiden armen Frauen, deren wilder Schmerz so seltsam mit der ihn umgebenden Heiterkeit contrastirte. Eine unnennbare Wehmuth, wie sie nur tiefere Gemüther kennen, erfüllte jetzt sein Herz und ließ ihn den Zwiespalt des Lebens ahnen, den er durch seine Kunst bisher vergebens zu bewältigen, zu versöhnen gesucht.

Sein ganzes Leben war ein schwerer Kampf mit den Verhältnissen gewesen. Sohn eines Uhrenfabrikanten

aus La = Chaux = de = Fonds in der französischen Schweiz
war er gegen den Willen seiner Eltern, die ihn dem
Kaufmannsstande widmen wollten, Künstler geworden.
Nur mit Widerstreben gab der Vater den Wünschen
seines Sohnes nach und ließ ihn nach Paris ziehen,
wo er bei einem Landsmann, dem Kupferstecher Girardet,
den ersten Unterricht im Zeichnen erhielt.

Bald erkannte er die Unzulänglichkeit seines Lehrers,
der nur ein talentvoller Handwerker und außerdem ein
wüster Trunkenbold war. Mit den größten Opfern,
die er gern seinen Eltern erspart hätte, wurde er von
dem berühmten Maler David unter dessen Schüler auf=
genommen. Nach jahrelanger Arbeit gelang es ihm,
den ersten Preis in der Malerei davonzutragen, der ihm
den Weg nach Rom, dem Ziele seiner heißen Sehnsucht,
eröffnete.

Aber der tückische Zufall wollte es, daß sein Sieg
mit dem Sturze des französischen Kaiserreiches zusammen=
fiel. Die ihm zuerkannte Pension zu einer Reise nach
Italien wurde ihm entzogen, weil nach dem Pariser
Frieden Neuchatel und damit auch seine Vaterstadt auf=
hörte, eine französische Besitzung zu sein, er selbst nicht
mehr das französische Bürgerrecht besaß, sondern ein
preußischer Unterthan, ohne Aussicht auf jede Unter=

stützung von Seiten der neuen Regierung, geworden war.

Von der Noth gezwungen, kehrte er in das Vater=
haus zurück, wo er, zu stolz, um seinen Eltern zur
Last zu fallen, sich mit der Anfertigung von Portraits
mühselig ernährte, obgleich ihn eine derartige unwürdige
Beschäftigung tief anwidern mußte. Endlich schien ihm
das Glück zu lächeln; er fand einen wohlhabenden
Gönner, der sich bereit erklärte, ihm die für einen
längeren Aufenthalt in Rom nöthige Summe vorzu=
strecken.

Aber auch hier hatte er noch schwer zu ringen, da
er trotz seines Talentes und seines Fleißes die gewünschte
Anerkennung nicht fand, weil er sich nicht herbeilassen
wollte, dem verdorbenen Modegeschmack zu huldigen,
sondern nach dem höchsten Ideale in seiner Kunst strebte.
Nur wenige wahre Kunstkenner und nähere Freunde
schätzten und ehrten den begabten jungen Maler, welcher
von dem großen Haufen kaum beachtet und gewürdigt
wurde.

So manche gescheiterte Hoffnung und fehlgeschlagene
Aussicht nährten die ihm angeborene Neigung zur
Melancholie, welche das Erbtheil der höheren Geister,
der bevorzugten Naturen zu sein und wie ein dunkler

Schatten das helle Licht des Genius zu begleiten pflegt.

Aus diesem stillen Brüten, in das Robert auch jetzt wieder nach seiner Gewohnheit versunken war, weckte ihn die Berührung einer Hand, die sich freundschaftlich auf seine Schultern legte. Als er aufblickte, sah er die hohe, imponirende Gestalt und das geistvoll milde Gesicht eines ihm wohlbekannten älteren Mannes, für den er, wie alle Welt, die größte Ehrfurcht empfand.

Derselbe mochte ein angehender Fünfziger sein, ob= gleich er weit jünger erschien. Lange blonde Locken, welche die breite gewölbte Stirn wie ein dichter Wald umgaben und bis zu den breiten Schultern niederwallten, und die hellen blauen Augen, die einem sonnigen Ge= birgssee glichen, erinnerten an seine nordische Abkunft. Seine klaren Züge trugen den unverkennbaren Stempel des schöpferischen Genies, den Adelsbrief, welchen die Natur ihren bevorzugten Lieblingen in deutlich leserlicher Schrift ertheilt. Es lag etwas Gebieterisches in seiner ganzen Haltung und Physiognomie, gemildert durch das wohlwollende, humoristische Lächeln des feingeschnittenen Mundes. Bei dem Anblick dieses Kopfes konnte man wohl an den olympischen Zeus denken, wenn der Gott mit seinem Ganymedes scherzt.

„Thorwaldsen! Herr Staatsrath Thorwaldsen!"
rief Robert, überrascht aufspringend, und den berühmten
Bildhauer — denn der war es selbst — begrüßend.

„Laßt nur," versetzte dieser lächelnd, „den ver-
wünschten Herrn und all' die leeren Titel bei Seite.
Ich bin, was Ihr seid, ein Künstler und Euer Kamerad.
Wenn Ihr nichts dagegen habt, so setze ich mich zu Euch
in die kühle Laube und trinke mit Euch eine Foglietta,
da mich die Hitze und das Gedränge aus der Stube
vertrieben haben."

„Es wird mir eine große Ehre sein."

„Wer weiß? Ich halte Euch vielleicht ab, an der
Fröhlichkeit Eurer Freunde Theil zu nehmen, die dem
Tanze zusehen und mit den schönen Kindern scherzen."

„Ich trage kein Verlangen danach, der Lärm in der
Schenke widert mich an."

„Das ist nicht recht: die Jugend soll sich freuen
und das Leben genießen. Als ich noch jung war wie
Ihr und in Kopenhagen die Zeichenschule als ein armer
Bursche besuchte, da durfte ich bei keinem Tanze, bei
keinem Vergnügen fehlen. Noch heute lacht mir das
Herz, wenn ich an die alten Zeiten denke! Ich glaube,
mein junger Freund, daß Ihr das Leben zu ernst
nehmt."

„Das Leben ist ernst und zumal das Leben eines Künstlers im Beginn seiner Laufbahn."

„Wem sagt Ihr das?" erwiederte Thorwaldsen. „Darüber kann ich wohl aus eigener Erfahrung ein Wort mitsprechen. Es ging mir nicht besser, als ich vor Jahren hier in Rom mit meinem Modell des Jason saß und von Tag zu Tag vergebens auf eine Bestellung wartete. Kein Mensch wollte von meinem Werke etwas wissen und in bitterem Unmuth, an mir selbst und an meinem Berufe verzweifelnd, griff ich schon nach dem Hammer, um die Formen zu zerstören, als der reiche Engländer Hope in mein Atelier trat und mir den Auftrag gab, die Statue in Marmor für ihn auszuführen. Seitdem war ich ein gemachter Mann und konnte nicht nur sorglos, sondern selbst im Ueber= fluß leben. Ihr seht, daß man nicht den Muth ver= lieren darf."

„Nicht Jedem lächelt das Glück wie Ihnen, und die reichen Engländer scheinen wie die Engel der heiligen Schrift von der Erde verschwunden zu sein."

„Einem so wackern Künstler wie Euch kann es eben= falls nicht an Gönnern und Freunden fehlen. Ich selbst habe Achtung vor Eurem Talent, und wenn ich Euch in irgend einer Weise nützen kann, so thue ich es nur mit

Freuden. Ihr könnt mit mir, wie mit einem Vater, offen sprechen. Wenn Ihr nicht bei Casse seid, was uns Künstlern ja nicht selten zu passiren pflegt, so braucht Ihr Euch nicht zu geniren; ich will Euch sogleich eine Anweisung auf meinen Bankier ausstellen."

„Dank, tausend Dank!" erwiederte Robert, warm die Hand des berühmten Bildhauers drückend. „Für meine geringen Bedürfnisse bin ich hinlänglich mit Geld versehen."

„So sagt mir nur, wo Euch sonst der Schuh drückt, was ich für Euch thun kann."

„Sie kennen," erwiederte Robert nach einiger Ueber= legung, „den Cardinal Consalvi."

„Er ist mein Freund und besucht mich öfters in meinem Atelier."

„Dann können Sie mir vielleicht eine Empfehlung an ihn geben."

„Gewiß! Aber der Cardinal ist ein Knauser, der keine Bilder kauft."

„Darum handelt es sich nicht. Ich will ihn nur bitten, mich in den Bädern des Diocletian einzusperren."

„Mensch!" rief der überraschte Bildhauer. „Was ficht Euch an? Ihr seid wohl nicht richtig im Kopfe? In diesen Termini sitzen ja nur die ärgsten Spitzbuben,

Räuber und Mörder, das verruchteste Gesindel. Das ist doch keine Gesellschaft für Künstler, wie Ihr einer seid."

„Aber unter diesen Räubern und Mördern findet man die herrlichsten Gestalten, die charakteristischsten Figuren, wahrhafte Helden, wie sie sich ein Künstler nicht besser wünschen kann. Ich selbst war Zeuge einer Scene, die mich tiefer ergriffen hat, als Alles, was ich bisher in Rom gesehen."

„Laßt mich hören und ich will sehen, ob nicht wirklich Euer Kopf gelitten hat," scherzte gutmüthig der Bildhauer.

Mit wenigen Worten erzählte Robert sein eben erlebtes Abenteuer mit den beiden Frauen, das der berühmte Bildhauer mit steigender Theilnahme und Bewunderung vernahm.

„Jetzt verstehe ich Euch erst," sagte der große Thorwaldsen gerührt, als Robert geendet hatte. „Ihr seid ein wackerer junger Mann, ein echter Künstler, der das Herz auf dem rechten Flecke hat und ein offenes Auge für die ewige Schönheit der Menschennatur, wo und wie sie sich auch offenbaren mag. Das ist der einzige Weg, wie man das höchste Ziel erreichen kann. Ihr sollt die Empfehlung an den Cardinal haben, und ich selbst will mit ihm sprechen, daß er Euch nicht eine elende Gefangenenzelle, sondern ein einigermaßen an= ständiges Atelier in den Bädern des Diocletian an= weist."

„Wie soll und kann ich Ihnen danken, daß Sie mir die Gelegenheit geben, diese Studien zu machen!"

„Redet nicht von einer solchen Lumperei! Das ist das Wenigste, was ich für Euch thun kann. Hoffentlich laßt Ihr mich Eure Skizzen sehen, von denen ich mir einen großen Erfolg verspreche. Jetzt aber sollt Ihr Euer Glas füllen und mit mir anstoßen."

Robert stieß mit dem Meister an, aber er fand keine Worte zu einem Trinkspruche, das Herz war ihm zu voll.

Desto lauter erklang der Gesang der heimkehrenden Tänzer, welche die Osteria verließen und, mit Weinlaub bekränzt, blumengeschmückte Stäbe in den Händen, einem Chor gottberauschter Bacchanten und Mänaden glichen.

II.

Wenige Tage nach diesen Ereignissen erhielt der Maler
Robert von dem Cardinal und Staatssekretär Consalvi
die erbetene Erlaubniß, seine Wohnung in den Bädern
des Diocletian unter Räubern und Mördern aufzu=
schlagen. Sein Atelier war ein alter wüster Saal, der
noch immer die Spuren früherer Pracht und Größe
zeigte. Hier und da erblickte man einen zerbrochenen
Säulenstumpf, eine Erinnerung an die Tage des alten
Glanzes, wo dieser herrliche Bau, noch nicht von bar=
barischen Händen zerstört und seines Schmuckes beraubt,
zu den schönsten Denkmälern des kaiserlichen Roms ge=
rechnet wurde. Selbst seine Trümmer reichten noch hin,
im sechszehnten Jahrhundert eine große Anzahl von
neueren Gebäuden, ganze Kirchen zu errichten und mit
mehr als zweihundert Säulen zu schmücken.

Der Fußboden war zum Theil aufgerissen und
durch schwarze Steinfliesen ersetzt, aber zwischen dieser
Zerstörung erblickte man die kostbarsten Mosaiken gleich
Purpurflicken auf einem schmutzigen Bettlermantel. Durch
die zerbrochenen Fensterscheiben schien die goldene Sonne
Italiens und verklärte mit ihrem Licht die traurigen

Ruinen. Wilder Epheu und ein breitblätteriger Feigen=
baum bekleideten mit frischem Grün gleich einer leben=
digen Tapete die verfallenen Mauern.

Der gefällige Sbirre hatte für Geld und gute Worte
für die allernothdürftigste Ausstattung gesorgt. Einige
rohe Stühle, ein wurmstichiger Tisch, ein baufälliges
Bett und die unentbehrliche Staffelei bildeten den ganzen
Hausrath des bescheidenen Künstlers.

Meist jedoch verweilte er in dem geräumigen Hofe,
wo die Gefangenen unter dem blauen Himmelsdache
mit ihren Arbeiten beschäftigt waren. Dort zeichnete
er mit unermüdlichem Fleiße, machte er die interessan=
testen Studien, indem er die wahrhaft malerischen
Stellungen seiner Originale und ihre charakteristischen
Physiognomieen wiederzugeben suchte.

Auf einem umgestürzten Marmorblock saß der Räuber
Francesco mit seinem Weibe, das den schönen Namen
Maria = Grazia trug, wogegen ihre jüngere Schwester
Teresina hieß. Robert hatte der Frau die Erlaubniß
erwirkt, in Rom bei ihrem Mann bleiben zu dürfen,
und dadurch ihre Erkenntlichkeit auf das Höchste ge=
steigert. Beide verehrten ihren Wohlthäter wie einen
Gott und jedes seiner Worte dünkte ihnen heilig wie
das Evangelium.

Auch die reizende Teresina hatte ihre Scheu über=
wunden und kauerte jetzt zu seinen Füßen auf dem
Boden mit niedergeschlagenem Auge, da er sie zu
zeichnen wünschte. Von Zeit zu Zeit warf sie einen
ängstlichen, verstohlenen Blick nach dem weißen Blatte,
worauf er mit sicherer Hand das kindlich schöne Gesicht
des Mädchens entwarf.

„Francesco,“ sagte der Maler, während er den
Bleistift spitzte, „Du wolltest mir ja erzählen, wie Du
unter die Briganten gerathen bist.“

„Das ist eine traurige Geschichte,“ murmelte der
Räuber. „An meinem ganzen Unglück ist einzig und
allein die Vendetta schuld.“

„Diese Blutrache, von der ich schon so oft gehört
habe, ist eine verwersliche Sitte, die jeder gute Christ
verdammen muß.“

„Das hat auch der fromme Padre gesagt, als ich
ihm beichtete. Aber was soll Unsereins thun, wenn er
tief beleidigt, wenn ihm ein naher Verwandter getödtet
wird? Das vergossene Blut schreit zum Himmel, und
wenn wir uns nicht rächen, so werden wir verachtet und
wie die räudigen Hunde angesehen.“

„Es gibt dafür Gerichte, die den Schuldigen be=
strafen.“

„Gerichte!" erwiederte der Räuber mit naiver Ver=
wunderung. „Wer wird seine Ehre diesen Richtern an=
vertrauen, die mit den Gesetzen nur einen Handel treiben?
Der Mörder, der meinen Bruder mit einem Messerstich
tödtete, war ein reicher Mann. Ich lauerte ihm auf
und meine Kugel traf ihn mitten in das Herz," berichtete
Francesco mit funkelnden Augen und wildem Lächeln,
noch in der Erinnerung schwelgend.

„Und so wurdest Du zum Mörder!" versetzte Robert
streng.

„Das nennt man bei uns nicht einen Mord," ent=
schuldigte Maria = Grazia, „sondern nur ein Unglück.
Ich hätte meinem Francesco nie wieder eine Hand ge=
reicht und einen Kuß gegeben, wenn er anders gehandelt
hätte."

„Und was sagst Du, Teresina?" fragte der Maler
das junge Mädchen.

„O!" erwiederte sie erröthend, und leise zusammen=
schauernd. „Ich bin noch ein Kind und weiß nur, daß
die Vendetta etwas Schreckliches ist, weil sie die Menschen
elend und unglücklich macht."

„Das ist wahr," bekräftigte der Räuber. „Seitdem
fand ich keine Ruhe mehr. Ich mußte in die Berge
fliehen, wo ich wie ein wildes Thier von den Sbirren

verfolgt und gehetzt wurde. Tagelang irrte ich in den Felsen umher, ohne einen Bissen Brod zu finden, bis mich das Elend, die Noth und vor Allem der Hunger zu den Briganten trieben. Ich ließ mich vom Teufel verführen und von dem verrufenen Gasparone anwerben, mit dem ich zugleich gefangen wurde."

„Und was bist Du früher gewesen, bevor Du Brigant wurdest?"

„Ich war als Jäger in der Campagna angestellt, und Ihr könnt alle Nachbarn fragen, ob es einen besseren Schützen in der ganzen Runde gab. Daß meine Kugel nie ihr Ziel verfehlte, habe ich bewiesen," fügte Francesco stolz hinzu.

„Du bist in der That zu bedauern," entgegnete Robert, „und wenn ich die Macht hätte, würde ich Dir die Freiheit wieder geben."

„Das würde mir doch nichts nützen," meinte der Räuber traurig. „Die Vendetta erlischt nicht; ich müßte doch bald wieder in die Berge flüchten. Für mich gibt es keine Hülfe, keine Rettung mehr."

„Ja, wenn nur Teresina wollte, so könnte eine Aussöhnung stattfinden," warf Maria=Grazia dazwischen.

„Teresina?" fragte der Maler verwundert. „Was kann Teresina dazu thun?"

„Sie braucht nur dem Bruder des Ermordeten, der sie zur Frau verlangt, die Hand zu reichen, und die Vendetta ist für immer begraben."

„Nimmermehr!" rief jetzt das junge Mädchen mit einer Heftigkeit, die stark mit ihrer sonstigen Sanftmuth contrastirte.

„Und warum willst Du nicht Deinem Bewerber, der noch dazu ein wohlhabender und angesehener Mann zu sein scheint, zum Altar folgen, den gestörten Frieden zwischen den feindlichen Familien herstellen und der Blutrache ein erwünschtes Ende machen?"

Nur ein heißer Thränenstrom und ein leises Schluchzen war die Antwort des jungen Mädchens, so daß Robert es für gerathen hielt, nicht weiter in sie zu bringen und die Sitzung abzubrechen.

Am andern Morgen erschien Teresina in dem Atelier des Malers bleich, doch ruhig und gefaßt, indem sie ihn ersuchte, das angefangene Bild zu vollenden, da sie zu dem Vater zurückkehren müsse, der in der Nähe von Sonnino ein kleines Landgut von geringem Ertrage besaß.

„Verzeiht mir," sagte sie entschuldigend, „meine gestrige Heftigkeit, aber die Rede meiner Schwester hat

mich tief geschmerzt. Ich will von keiner Heirath wissen;
jetzt noch weniger als sonst."

„So mißfällt Dir Dein Bewerber?" meinte der
Maler, während er seine Farben ordnete und dem
Mädchen die geeignete Stellung anwies.

„Mattia Caputi," erwiederte sie, „ist ein viel be=
gehrter Mann; aber selbst wenn er tausend Mal schöner
und reicher wäre, so will ich doch nicht seine Frau
werden. Lieber todt!"

„Was hat Dir der arme Mattia denn gethan, daß
Du ihn nicht leiden magst?"

„Seht her!" sagte das Mädchen, indem sie mit
ihrer Hand die schweren Flechten ihres dunklen Seiden=
haares mit einer heftigen Bewegung zur Seite streifte
und auf ihre Schläfe zeigte, wo eine feine rothe Narbe
von Zolllänge jetzt sichtbar wurde, gleich einem schmalen
Purpurstreif.

„Was hat das zu bedeuten?" fragte Robert.

„Diese Narbe kommt von seiner Hand. Ich war
acht, Mattia zwölf Jahre alt, als die Vendetta zwischen
unseren Familien ausbrach, von der ich keine Ahnung
hatte. Eines Tages saß ich auf dem Berge und hütete
unsere Ziegen, während ich ein Liedchen sang, da schlich
sich der tückische Bube in meine Nähe und schleuderte,

in einem Myrthengebüsch verborgen, einen schweren
Stein gegen meine Schläfen, daß ich taumelnd, blutend
niedersank. Ich hörte noch sein wildes Hohngelächter,
seine Verwünschungen gegen mich und all' die Meinigen,
dann entfloh er und mein Bewußtsein schwand. Als
eine Sterbende wurde ich aufgefuunden und in die
Hütte meines Vaters getragen. Meine arme Mutter
pflegte mich und gelobte für meine Genesung ein silbernes
Herz der heiligen Madonna, die mich vom sicheren Tod
durch ein Wunder errettet hat. Der Schreck aber ist
meiner Mutter in das Herz gefahren, seitdem kränkelte
die Gute, und wenige Monate nach diesem Vorfall weinte
ich auf ihrem Grabe."

„Mattia war damals, wie Du selbst sagst, nur ein
Kind, das nicht wußte, was es that. Jetzt bereut er
sein Vergehen und bietet Dir zur Sühne seine Hand.
Du mußt seine kindische That zu vergessen suchen."

„Nie!" rief Teresina mit glühender Röthe der
bräunlichen Wangen. „So wenig wie diese Narbe jemals verschwinden wird, werde ich jemals diesem Mattia
Caputi angehören."

„Und doch scheinen die Deinigen diese Verbindung
dringend zu wünschen."

„Sie quälen und peinigen mich, daß ich verzweifeln muß; besonders der Vater, den dieser Mattia ganz in seiner Gewalt hat, da wir leider arm und verschuldet sind. Er hat durch zweite Hand dem Vater Geld geliehen und droht uns nun von unserem Gütchen zu vertreiben, wenn ich nicht einwillige. Ach! wir armen Leute sind sehr unglücklich!"

„Wie gern möchte ich Dir helfen, wenn dies in meiner Macht stünde!" versetzte Robert, von ihrem tiefen Schmerz ergriffen.

„Ah! Sie sind gut, wie die Heiligen im Himmel. Haben Sie Barmherzigkeit! Wenn Sie mich nicht retten, so bleibt mir nichts übrig, als mich in die Tiber zu stürzen!"

Ehe sie der überraschte Maler hindern konnte, war Teresina aufgesprungen und umklammerte seine Kniee mit südlicher Heftigkeit, seine Hände mit ihren Thränen benetzend und mit heißen Küssen bedeckend, während er sie sanft zu entfernen suchte.

„Stoßt mich nicht fort," bat sie mit wunderbar ergreifender Stimme. „Laßt mich hier zu Euren Füßen liegen, wie vor dem Bilde des gnadenreichen Erlösers, der das Gebet der Unglücklichen und Elenden erhört. Treibt mich nicht von Euch, weist mich nicht zurück! Ich will ja nur bei Euch bleiben und verlange nichts weiter, als Euch zu dienen wie eine Magd."

„Du weißt, daß dies nicht möglich ist. Bedenke Deinen Ruf!" versetzte Robert, fast bestürzt über dies seltsame Anerbieten.

„Was kümmert mich mein Ruf? Ich kenne Euch. Ihr seid ein guter Mann, dem ich vertrauen darf, wie ich ein schuldloses Mädchen bin."

„Und was wird Dein Vater, was werden Deine Schwester und Francesco sagen?"

„Sie werden sich nicht weigern, wenn Ihr mit ihnen redet. Ein Wort von Euch gilt so viel wie der Ausspruch des heiligen Vaters, der zu binden und zu lösen vermag."

Obgleich Robert noch immer schwankte und ihr sein vielfaches Bedenken nicht verschwieg, so ließ sie doch nicht ab, ihn mit ihren Bitten und Thränen so lange zu bestürmen, bis er ihr wenigstens die Zusicherung gab, mit ihren Verwandten die nöthige Rücksprache zu nehmen.

„Ich selbst," sagte er freundlich, „werde Dich nach Sonnino begleiten und mit Deinem Vater reden, da ich ohnehin die Absicht hatte, jene Gegenden kennen zu

lernen und daselbst für meine Bilder landschaftliche
Studien zu machen."

Die bloße Aussicht auf Robert's Beistand genügte,
die Traurigkeit des jungen Mädchens in die ausge=
lassenste Freude zu verwandeln. Mit jenem schnellen
Wechsel, der die Natur und die Menschen des Südens
charakterisirt, überließ sich jetzt Teresina der kindlichsten
Heiterkeit, indem sie anmuthig von ihrer Heimath, von
den schönen Bergen und Villen in der Nähe, plauderte,
während der Maler ihre günstige Stimmung benutzte,
um das Bild zu beenden.

Als er ihr jetzt das wohlgelungene Portrait zeigte,
stieß sie einen leisen Schrei aus, indem sie das lieblich
erröthende Gesicht mit den Händen bedeckte, als wäre sie
von ihrer eigenen Schönheit beschämt.

„Wie, das sollte ich, ich selber sein?" fragte sie
zweifelnd.

„Wer denn sonst?"

„Und das meine Augen, meine Haare? O! Ihr
habt mich viel zu schön gemacht. Das muß Maria=
Grazia und Francesco sehen! Darf ich sie rufen?"

Vergessen war alles Leid, und wie ein Kind, das
eben noch geweint, durch eine Kleinigkeit erfreut, laut
auflacht, so schwebte sie graciös durch die offene Thür

in den Hof, wo sie erregt der Schwester ihr unerwar=
tetes Glück verkündigte. Mit Wohlgefallen sah ihr
Robert nach, bis sie verschwunden war. Es schien
ihm, als ob das düstere Atelier sich noch mehr verdunkelt
hätte, als ob das heitere Sonnenlicht mit ihr gegangen
wäre.

Trotz der Kürze ihrer Bekanntschaft fühlte er sich
von dem seltsamen Mädchen, von dieser wunderbaren
Mischung kindlicher Heiterkeit, Anmuth und zarter
Weiblichkeit so sehr angezogen, daß auch er nur mit
Widerwillen an die drohende Trennung dachte, obgleich
er sich nicht die Schwierigkeit verhehlte, die sich ihren
und auch seinen Wünschen entgegenstellte. Jedenfalls
war er entschlossen, Alles aufzubieten, um sie von der
verhaßten Verbindung zu befreien, wozu es vor Allem
der Rücksprache mit dem Vater Teresina's bedurfte.

Am nächsten Morgen bestieg Robert das zu diesem
Zweck gemiethete Pferd, während Teresina auf einem
bescheidenen Maulesel Platz nahm, begleitet von den
Segenswünschen der älteren Schwester und Francesco's.

„Reitet mit Gott!“ sagte der Räuber, „und wenn
Euch in den Gebirgen ein Brigante begegnen sollte, so
nennt ihm nur meinen Namen und zeigt ihm diese

Münze, bie Euch mehr nützen wird, als ein Paß des Gouverneurs."

Mit diesen Worten überreichte er dem Maler eine alte, vielfach in Form eines Kreuzes durchlöcherte Kupfermünze, die dieser sorglos in die Tasche steckte, da er eine solche Gefahr nicht fürchtete, obgleich das Unwesen noch immer nicht verschwunden war und die verwegenen Gesellen bis an die Thore der Stadt schweiften.

Schweigend ritten die Reisenden durch die noch menschenleeren Straßen über die öde Campagna, die, in dichten Herbstnebel gehüllt, einem wogenden Meere glich. Nach und nach schwanden die wallenden Schleier und die aufgehende Sonne beleuchtete mit ihrem rosigen Schimmer das weite Gefilde mit seinen uralten Trümmern prachtvoller Villen, zerfallener Grabdenkmäler und riesiger Wasserleitungen, diesen erhabenen Zeugen einer untergegangenen großen Welt. Rings umher herrschte das Schweigen des Todes, nur ein Falke, der sich hoch in den blauen Lüften wiegte, ließ seinen grellen Schrei in der Oede hören, gleich dem Geiste eines jener beutelustigen Barbaren, die sich einst gierig auf das vor ihnen zitternde Rom niederstürzten.

War es sittliche Befangenheit oder das Gefühl jener
Melancholie, welches unwillkürlich die Seele beim Anblick
dieser erhabenen Trümmerstätte beschleicht, daß Keines
von Beiden das fast beängstigende Stillschweigen unter=
brach, so lange sie durch die traurige Campagna ritten,
welche nur von Heerden breitstirniger, gluthäugiger
Stiere und ihren bewaffneten Hirten bewohnt erschien?

Erst als sie den Fuß des Gebirges erreichten und
die Straße immer höher stieg, athmete in der reinen
Luft die gepreßte Brust wieder auf, löste sich der auf
ihnen lastende Bann bei dem wunderbaren Schauspiel,
das sich bei jedem weiteren Schritt vor ihnen aufthat.
Zu ihrer Linken erhoben sich die Höhenzüge der Albaner=
berge in ihren classischen Linien, mit ihren zahllosen
Städten, Dörfern und weißen Villen terrassenförmig em=
porsteigend, während zur Rechten das blaue Meer ihnen
entgegenblitzte.

„Herrlich!" rief Robert entzückt, indem seine Blicke
wie blüthentrunkene Bienen von einer Schönheit zur
anderen schweiften.

„Dort liegt Frascati," zeigte Teresina mit der
Hand, „jene hellen Mauern, über denen der silberne
Wasserfall schwebt, ist Grotta Fernata; dahinter Rocca
di Papa und die Thürme von Castel Gandolfo. Ist

das nicht schön?" fragte sie mit jenem Stolze, den auch
der geringste Italiener auf sein herrliches Heimathland
besitzt.

„Wunderbar!" versetzte der Maler. „Wir wollen
hier ein wenig ruhen, da ich gern diese herrliche Aus=
sicht zeichnen möchte."

„Nicht hier," sagte das mit der Gegend wohlbe=
kannte Mädchen, „wo Euch die Sonne blendet und
Euren Augen schaden kann. Wenn wir hier noch zehn
Minuten weiter reiten, so kommen wir in den kühlen
Wald, wo Ihr ungestört im Schatten weilen könnt, so
lange Ihr wollt. Wir kommen immer noch zeitig genug
nach Sonnino."

Unter ihrer Führung erreichte der Maler einen wie
zum Ausruhen von der Natur geschaffenen Halteplatz,
rings von dichten Ulmen und prächtigen Kastanien=
bäumen umgeben, durch deren Zweige das Azurblau
des wolkenlosen Himmels schimmerte. Ein sanfter
Windhauch wehte in den Blättern, wie wenn die Hand
des Geliebten mit den Locken seines Mädchens spielt.
Durch die grünen Zweige stahlen sich die goldenen
Sonnenstrahlen und malten zitternde Schattenbilder,
helle Kreise und Ringe auf dem weichen, thaugetränkten
Moose des Waldes.

In der Nähe einer alten verfallenen Capelle, auf deren Altar ein bekränztes Bild der Madonna stand, fand Robert einen geeigneten Punkt für seine Arbeit. Vor ihm lag das Gebirge, gleichsam eingerahmt von zwei mächtigen, uralten Ulmen. Zu seinen Füßen gähnte eine düstere Schlucht, an ihren steilen, mit wilder Myrthe und Lorbeerbüschen bekleideten Wänden rieselten die silbernen Quellen mit melodischem Fall.

Nachdem die Thiere festgebunden waren, breitete der Maler seine Zeichenmappe aus und begann die Skizze der romantischen Gegend flüchtig aufzunehmen, während Teresina lieblich plaudernd an seiner Seite in dem Gefühle ihrer sicheren Unschuld saß.

„Diese Schlucht," sagte sie, „war noch vor einem Jahre der Schlupfwinkel des grausamen Gasparone und seiner Briganten. Ich selbst bin schon einmal mit Maria-Grazia hier gewesen, als der arme Francesco noch ein Ausgestoßener war. Aber ich habe mich nicht hingewagt unter die verwegenen Männer. Nur die Schwester ist hinabgestiegen, während ich an der Capelle niederkniete und zu der gebenedeiten Madonna für die Unglücklichen betete."

„Aber jetzt ist doch die Gegend sicher?" meinte der Maler, in die unheimliche Tiefe blickend.

„Seit Gasparone gefangen, hat man von keinem Anfall mehr gehört. Die Briganti sitzen jetzt im Gefängniß und die Wenigen, die entkommen, haben sich über die Grenze geflüchtet, wo sie nur noch die Reisenden auf dem Wege nach Neapel beunruhigen."

„Wir haben also nichts zu fürchten!" scherzte Robert, ruhig weiter malend. „Im Nothfall besitzen wir ja den kupfernen Empfehlungsbrief von Freund Francesco an seine früheren Spießgesellen."

„Ihr dürft nicht über solche Dinge spotten," sagte das junge Mädchen ernst. „Oft ist die Gefahr näher, als man glaubt, und ein Wort zur Unzeit kann uns Unglück bringen."

„Du mußt nicht so abergläubisch sein. Was kann uns hier geschehen?"

„Horch!" rief plötzlich Teresina, von ihrem Sitze aufspringend. „Was war das?"

Aus der Tiefe der dunklen Schlucht tönte ein verworrenes Geräusch, wie von Menschenstimmen. Ueber den Rand der jähen Felswand gebeugt, lauschte das junge Mädchen mit angehaltenem Athem, während der Maler gespannt an ihrer Seite stand.

Jetzt klang deutlich ein lauter Ruf nach Hülfe, worauf die frühere Todtenstille wieder eintrat.

„Ich habe mich nicht getäuscht," flüsterte Teresina leise. „O, ich kenne sie nur zu gut. Es sind die Briganten, die einen armen Reisenden überfallen haben."

„Wir müssen ihm zu Hülfe eilen!" rief der Maler muthig.

„Wo denkt Ihr hin? Es sind ihrer wenigstens drei oder vier, und Ihr habt keine Waffen. Sie wer= den Euch tödten oder in's Gebirge schleppen."

Ohne sich jedoch an ihre Warnung zu kehren, eilte Robert, von Menschenliebe beseelt, den steilen Fußpfad hinab, der, durch das dichte Gebüsch sich schlängelnd, in den Abgrund führte, gefolgt von Teresina, welche die Gefahr mit ihm theilen wollte. Der enge Weg mün= dete in eine gewölbte Grotte, in die ein schöner junger Mann in Jägertracht, mit gebundenen Händen, von drei Räubern gewaltsam hineingezerrt wurde.

Als die Briganten die nahenden Schritte der Her= beteilenden hörten, ließen sie ihre Beute los, indem sie ihre gespannten Flinten gegen die Brust des Malers richteten.

„Steht," rief der Anführer, „oder Ihr seid ein Kind des Todes!"

Ehe aber der Brigant seine Drohung zur Wahrheit machen konnte, war ihm Teresina in den aufgehobenen Arm gefallen, den sie mit dem Muthe der Verzweiflung festhielt. Verwundert über die unerwartete Erscheinung des ihm wohlbekannten Mädchens stieß der Anführer der Briganten einen wilden Fluch aus.

„Was willst Du, Teresina?" rief er finster blickend, gleich einem Wolfe, der bei seiner Mahlzeit gestört wird.

„Hüte Dich, Cesari," versetzte sie trotzig, „diesem Manne nur ein Haar auf seinem Haupte zu krümmen! Er ist ein Freund Francesco's und steht unter dem Schutze Eures Kreuz-Bundes. Du weißt, was die durchlöcherte Münze zu bedeuten hat?"

„Wenn er Francesco's Freund ist und das Schutz-geld bei sich trägt, so mag er ruhig seine Straße ziehn. Wir wollen nichts von ihm und verlangen weder sein Gut noch Leben. Geht mit Gott, Signor, und mischt Euch künftig nicht in fremde Händel!"

„Das ist nicht genug," erwiederte Robert.

„Was könnt Ihr noch mehr von uns verlangen?"

„Ihr sollt auch den Gefangenen freigeben, der sich in Euren Händen befindet."

„Nimmermehr," erwiederte der Räuber, „das ist ein
vornehmer und reicher Herr, von dem wir ein gutes
Lösegeld zu erwarten haben."

„Und ich," sagte Robert in entschiedenem Tone,
„will lieber sein Schicksal theilen, als den Herrn in
Euren Händen lassen. Ich weiche nicht von der Stelle,
bis ich auch ihn in Sicherheit weiß."

„Ich danke Ihnen," sagte der Gefangene, sich in
das Gespräch mischend, „für Ihre Theilnahme, aber ich
wünsche nicht, daß Sie meinetwegen sich einer Unan=
nehmlichkeit aussetzen. Vielleicht kann ich mich mit
diesen Leuten einigen, wenn sie sich billig finden
lassen. Auf einige Goldstücke soll es mir nicht an=
kommen."

„Eccellenza wissen, was Sie werth sind," sagte der
Räuber. „Unter tausend Ducati können wir Sie nicht
freigeben."

„Ihr sollt hundert haben und die fünfzig, die in
meiner Börse sind, dagegen verlange ich meine Uhr,
meinen Siegelring und mein Taschenbuch zurück, für
die ich Euch auch noch fünfzig Ducaten vergüten will.
Wenn Ihr damit zufrieden seid, so soll Euch der Haus=
hofmeister meines Oheims das Geld zahlen."

„Wer aber bürgt uns dafür, wenn wir Euch ziehen lassen?"

„Das Wort eines Edelmannes," versetzte der junge Mann mit persönlicher Würde.

Während die Räuber den Vorschlag in Erwägung zogen und sich heimlich beriethen, näherte sich Robert dem Gefangenen, dessen ganze Haltung eine gewisse aristokratische Vornehmheit verrieth. Er mochte ein Jüngling von achtzehn bis neunzehn Jahren sein, mit lichtbraunem Haar und blauen Augen, aus denen ebenso sehr Geist wie Herzensgüte sprach, so daß der Maler sich unwillkürlich zu ihm hingezogen fühlte.

„Wie sind Sie," fragte er ihn leise, „in die Hände dieser Schurken gefallen?"

„Daran trägt lediglich meine Liebe zur Kunst Schuld," versetzte der Unbekannte im reinsten Französisch. „Ich war auf der Jagd in der Nähe von Frascati, wo ich zum Besuch bei meinem Oheim verweilte, der in der Nähe eine Villa besitzt. Ich verirrte mich im Walde und gelangte in diese Schlucht, die mir so romantisch erschien, daß ich sie zu zeichnen beschloß. In meine Arbeit vertieft, bemerkte ich nicht die Räuber, welche mich plötzlich überfielen, ehe ich mich zur Wehre setzen konnte."

„Sie sind demnach Maler, und ich freue mich, einem Collegen dienen zu können."

„O, ich bin nur ein schwacher Dilettant," erwiederte der Jüngling lächelnd, „aber destomehr liebe ich die Kunst."

Unterdeß sprach Teresina in dem unverständlichen Dialekt der Gebirgsbewohner eifrig mit den Briganten, welche noch immer unschlüssig schienen. Mit feurigen Worten bat, warnte und drohte sie, indem sie sich bald auf den Schutz Francesco's, bald auf die Verdienste Robert's um die gefangenen Räuber und auf dessen Bekanntschaft mit dem gefürchteten Cardinal Consalvi nicht ohne südliche Uebertreibung berief, bis die schwankenden Briganten, welche mit Teresina's Familie genau bekannt und verbunden waren, ihren Vorstellungen Gehör schenkten.

„Besser ein Sperling in der Hand, als eine Taube auf dem Dache," sagte der Anführer, welcher de Cesari hieß. „Wir wollen Euren Vorschlag annehmen und erwarten das Geld an der Capelle, wohin es Euer Haushofmeister zum Ave Maria bringen kann. Wenn Ihr nicht Wort haltet, so werdet Ihr unserer Rache nicht entgehen. Ihr wißt, daß wir nicht scherzen und daß wir Euch überall finden werden."

Zugleich überreichte er dem unterdeß von seinen Feſſeln befreiten Gefangenen deſſen Uhr, Siegelring und ein anſehnliches Taſchenbuch, worauf die Räuber ſich durch die Grotte entfernten, während die Reiſenden den entgegengeſetzten Weg in Begleitung ihres neuen Gefährten nach dem Gebirge einſchlugen.

„Ich bin Ihnen zu großem Danke verpflichtet," ſagte der junge Mann zu dem Maler, „da ich ohne Ihren Beiſtand nicht ſo billigen Kaufes fortgekommen wäre. Wahrſcheinlich hätte ich eine unfreiwillige Reiſe in das Gebirge machen und ſo lange warten müſſen, bis mein Löſegeld eingetroffen ſein würde. Die Schurken haben es auf meine Familie abgeſehen und im vorigen Jahr meinem Oheim einen Beſuch auf ſeiner Villa abgeſtattet, zum Glück aber ſtatt ſeiner einen armen franzöſiſchen Maler, der ſich zufällig in ſeiner Wohnung befand, ergriffen und mit ſich fortgeſchleppt. Doch auch er kam mit dem bloßen Schreck davon, da ſie ihn wieder frei gaben, als ſie ihren Irrthum gewahrten. Seitdem lauern dieſe Briganten auf eine beſſere Gelegenheit, vor der Sie mich freundlichſt bewahrt haben."

„Danken Sie dem Zufall und nicht mir," entgegnete Robert, indem er ſeinem Begleiter über ſeine ſeltſamen

Beziehungen zu den gefangenen Briganten Aufschluß
gab.

„Das Alles," sagte der junge Mann, „klingt wie
ein Märchen; es ist das seltsamste Abenteuer, das ich
bis jetzt erlebt habe."

„Doch buchstäblich wahr, wie Ihnen das junge Mäd=
chen bestätigen kann."

„Ich zweifle nicht daran. Doch wohin gedenken Sie
jetzt zu gehen?"

„Nach Sonnino, wo ich mich noch einige Tage auf=
halten will, um daselbst Studien zu machen."

„Ich glaube, daß sich dazu die dortige Gegend
weniger eignet, als die herrliche Umgebung von Frascati.
Meine Verwandten würden sich freuen, Ihre Bekannt=
schaft zu machen. Aber darf ich, ohne unbescheiden zu
sein, nach dem Namen meines Retters fragen?"

„Ich heiße Leopold Robert, Maler Robert."

„Den Namen werde ich nicht so leicht vergessen,"
erwiederte der Fremde mit verbindlichem Lächeln. „Viel=
leicht gestatten Sie mir, Sie in Rom in Ihrem Atelier
zu besuchen und unsere flüchtige Bekanntschaft zu er=

neuern. Jch bin," setzte er fast zögernd hinzu, „der Sohn des Grafen von Saint=Leu."

„Der Neffe des Kaisers!" rief Robert über= rascht von dieser seltsamen Begegnung.

„Ein armer, verbannter Napoleonide!" seufzte der wirklich schöne junge Mann, indem ein Schatten seine klare Stirn verdüsterte.

(Fortsetzung im zweiten Band.)

Inhalt.